遠野奇譚

Tonokitan

藍沢羽衣

目次

装画　嶋倉正明

第一章

座敷童子《ざしきわらし》のすみか

1

炎が揺《ゆ》れた。

築百年は軽く超えているという古い民家の柱は、囲炉裏《いろり》の煤《すす》と煙で長い間燻《いぶ》されてきたせいで、てらてらと黒く光って灯《あか》りを映している。

天井に近い梁《はり》の周囲には、墨汁《ぼくじゅう》をこぼしたように深い闇がしみこんでいた。

「おかあさん、お話まだぁ？」

「しいっ。もうすぐだから、静かにしてなさい」

「えーっ、ぼく、おしりが痛くなってきたよう」

小さな男の子とその母親らしきヒソヒソ話が聞こえてきて、作山花菜《さくやまかな》は思わずくすっと笑った。板の間に薄い座布団《ざぶとん》を敷いただけなので、さっきから花菜も足が痛くなってきたところだったのだ。

炉端《ろばた》には、十数人の男女が思い思いの格好《かっこう》で座っている。下は小学生低学年くらいの男の子から、上は喜寿《きじゅ》にも届こうかという品のよさそうな夫婦まで、年代はばらばらだ。

そんな人々の顔を一様に照らすのは、赤子《あかご》の手首くらいの太さはありそうな、一本の蝋燭《ろうそく》の炎だけだった。

花菜が正座《せいざ》を崩したとき、引き戸が開く。

聴衆の視線が、いっせいにそちらに集まった。

藍染《あいぞめ》の作務衣《さむえ》を身に着けた髭《ひげ》の男性が、手にした提灯《ちょうちん》で戸口を照らす。

その灯りを頼りにそろそろと入ってきたのは、ひとりの老女だった。

男性に先導してもらいながら、老女はゆっくりとした足取りで炉端までやってくる。そして、ひとつだけ空いていた座布団に腰を下ろし、静かに頭を下げた。ゆたかな白髪に映りこんだ炎が揺れる。

「今夜は、遠野郷八幡宮《とおのごうはちまんぐう》さん主催の『一灯で聴く遠野昔話』にお集まりいただき、まことにありがとうございます。八幡宮さん以外の神社や施設が会場になることが多いのですが、この『古民家ペンションまがりや』さんもそのひとつです」

目立たないよう部屋の端に引っこんでいた男性に向かって、語り部は小さく礼をした。

「オーナーの千葉さん、このような素晴らしい会場をご提供いただき、いつもありがとうございます」

千葉は照れたように頭を掻《か》きながら、ひかえめに会釈《えしゃく》を返す。

さざなみのように小さな拍手が広がった。

その中に花菜も混じっていることに気づいたらしく、日焼けした顔に笑みを浮かべる。

今夜、この催しのことを花菜に教えてくれ、おまけに宿泊客だからと参加費は免除にしてくれたのが千葉だった。

「遠野の昔語りは、『昔、あったずもな』という語り出しで始まり、『これでどんどはれ』という言葉で結びます。『あったずもな』というのは、『こんな話があったそうですよ』という意味です。『どんどはれ』というのはですね……」

語り部は穏やかな声で続ける。

「今のようにテレビなんてなかった時代は、昼間の農作業が終わったあと、こんなふうに囲炉裏のまわりに集まって、おじいさん、おばあさんの話を聞くのが一番の楽しみだったのです。冬は囲炉裏の炎、夏は蝋燭の灯りのもとで、縄《なわ》をなったり繕《つくろ》いものをしたりしながら、時間の経《た》つのも忘れて聞き入ったのですよ」

続けて、語り部は自らの作務衣の膝《ひざ》のあたりを軽くはらうしぐさをした。

「やがて話が終わると、膝の上の藁屑《わらくず》なんかをさっさとはらって立ち上がり、それぞれの家や部屋に帰っていったんです。だからお話のおしまいには、『どっとはらい』とか、『どんどはれ』というようになったのですよ」

花菜は息を飲む。

その音さえもが響くような気がするほどの静けさが炉端に満ちていた。

「……さて、それじゃ最初のお話を始めましょうかね。昔、あったずもな――」

土淵村《つちぶちむら》の山口というところの、山口孫左衛門《まござえもん》というたいそう栄えた男の家には、ふたりの座敷童子がおられると、昔からいわれていたんだど。

ある年の秋、同じ村の男が町から帰《けえ》ってくる途中、見だごどもねえ、めんこい（かわいい）ふたりのわらしに行《い》ぎあったんだど。

きれいな真っ黒い髪に、おそろいの真っ赤な着物着て、まんず（とても）めんこいわらしだったど。

だども、ふたりして下向いて、なんだか悲しそうだったんだど。

「おめだづ（おまえたち）、どっから来たんだ」

男がきくと、わらしらは「山口の孫左衛門の家から来たどごだす」と答えたんだど。

そこで男はさらに「これから、どごさ行ぐんだ」ときいたら、今度は「何某《なにがし》の家《え》さ行ぐ」と言ったんだど。

その何某つうのは、名の知れた長者の家だったずもな。

だから男は「ああ、こりゃあ座敷童子だ。座敷童子に出て行かれては、孫左衛門の家も終わったなあ」と思ったんだけども、誰さも言わねがったんだど。

その後、孫左衛門の家では、家中の者がきのこの毒にあたって、やっと七つになる女のわらしひとり残して、一日のうちにみいんな死んでしまったんだど。

あれほどあった財産は、みなが寄ってたかって持っていってしまって、なあんにも残らなかったんだとさ。

これで、どんどはれ。


時間はあっという間に過ぎた。

花菜は最初こそ足のしびれを気にしていたが、途中からは夢中で聞き入ってしまって、気づいたら終わりの時間になっていた。

聞き慣れない方言で語られる話の数々は、ところどころ意味がわからないこともあったが、頭の中で適当に補完しながら聞いていたので、特に不自由は感じなかった。

遠野物語というのは、今からおよそ百年前、民俗学者の柳田國男《やなぎたくにお》が、遠野で生まれ育った佐々木《ささき》喜善《きぜん》が語る遠野の郷にまつわる民話を書きとめ、自費出版した説話集だ。

その内容は河童や神隠し、座敷童子、山人《やまびと》、迷い家《まよが》、蛇になった刀の話、鳥になった姉妹のような不思議な話や、オシラ様やオクナイ様など守り神の話、デンデラ野などの物悲しい話、民間の行事など実にさまざまで、今でも広く読み継がれている。

その夜、語り部が語った話の中で、もっとも花菜の興味をひきつけたのは、最初に語られた座敷童子の話だった。

花菜はそれまで、座敷童子といえば古い民家の奥座敷にちょこんと鎮座《ちんざ》して、その家に福をもたらす守り神だと思っていた。

だが、遠野の昔語りの中の座敷童子は、そうしたおとぎ話のようなイメージとはかけ離れていて、空恐ろしくもあり、それでいて生々しく、どこか悲しいものだった。

「どうだい花菜ちゃん、面白かった？」

帰り支度《じたく》をする人々でざわめく中、しびれた足を揉《も》んでいる花菜のところに、千葉がやってきた。

「はい、とっても！　すごく面白かったです」

花菜が目を輝かせる様子に、千葉は満足そうに頷《うなず》く。

立ち上がりかけた花菜だったが、まだしびれが完全に取れていない足がもつれた。丁寧に磨かれた床で、つるりと靴下が滑る。

「ひゃあ！」

受身なんて取る余裕もなく、すっとんきょうな悲鳴とともに、どすんと見事な音を立てて、花菜は板の間に尻餅《しりもち》をついた。戸を出てすぐのところで立ち話をしていた千葉の妻と語り部の老女が、なにごとかという顔で、そろって花菜のほうを振り向く。

「あいたたた……」

「あらあら、大変」

腰をさする花菜に、老女はびっくりしたように口元に手を当てた。

笑いをこらえて千葉が尋ねる。よく陽に焼けた顔に、深い皺《しわ》が寄っていた。

「ぷぷっ……大丈夫かい？」

「は、はい、大丈夫です。ちょっと、足がしびれて」

そう答えるのが精一杯で、穴があったら入りたい——いっそ穴を掘って埋まってしまいたいくらいに恥ずかしかった。この日の服装がスカートではなかったのが、不幸中の幸いだった。

そのときだった。

くすっ、と背後でかすかな笑い声がした。

反射的に振り返った花菜が見たのは、ひとりの女の子だった。

さきほどまで語り部が座っていた場所に、ちょこんと正座している。おしりが痛いと訴えていた男の子より少し年下に見えた。

今どき珍しく、きっちり切りそろえられたおかっぱ頭。寒がりなのか、五月だというのに桜のような淡いピンク色をしたセーターを着ている。下は赤いスカートだ。

「お姉ちゃん、大丈夫？」

少女はまたくすくすと楽しそうに笑った。

「う、うん。これくらいへーキ、へーキ」

強がってはみせるが、涙が出るほど痛い。照れ隠しで花菜は少女に尋ねた。

「お迎え待ってるの？　それともお父さんお母さんがお手洗いに行っちゃったのかな？」

すると少女は首を横に振る。

「あ、じゃあ近所の子かな。歩いて帰るの？」

少女はまた首を横に振った。

「お迎えは来ないよ。あたしのおうち、ちょっと遠いの」

「え、それじゃあ……どうやって帰るの？」

「大丈夫だよ、ちゃんとひとりで帰れるから」

「ふうん、えらいんだね、えっと……」

「あたし、ひめ。みんなはそう呼ぶよ」

少女はそう言ってふわりと笑った。

「そっか、ひめちゃんかあ。わたしは花菜。よろしくね」

砂利《じゃり》を踏みしめるタイヤの音がひときわ大きく響いてきて、花菜は顔を上げる。

一台の白い軽トラックが戸口に横付けするようにして停まっていた。

車体には『遠野農林《とおののうりん》株式会社』と黒でペイントされている。その運転席から降りてきたのは、若草色の作業服に身を包んだ二十歳くらいの青年だった。

頭には、白いタオルを帽子のように巻きつけて、余りを後ろで縛っている。そのタオルも作業服にも細かな枝葉やホコリがついていて、まるで藪《やぶ》の中でも潜《もぐ》ってきたかのように薄汚れていた。仕事帰りにそのまま寄ったという雰囲気だ。

戸口の外灯に照らされた青年の横顔は、眉と目つき、それから鼻筋に、野生動物を思わせる鋭さがあった。

「拓実《たくみ》くん、いつもごくろうさま」

千葉が言うと、拓実と呼ばれた青年は笑みを浮かべてぺこりと頭を下げた。その瞬間、さっきまでのまなざしの鋭さは鳴りを潜める。

「ばあちゃんが、いつもお世話になってます」

「いやいやこちらこそ、たねさんにはお世話になっているよ。また次回もお願いするね」

ばあちゃんってことは、あの人、語り部さんのお孫さんかなあ。でも、やさしそうなおばあちゃんに比べて、何だかちょっと怖い感じ。

じんじんと痛むおしりを擦《さす》りながら、花菜はそんなことを考えていた。

「そこ、デコボコしてるから、足元気をつけて」

拓実は助手席側のドアを開けて、祖母がシートによじ登るのを手伝う。

ふーん。見た目ちょっと怖そうだけど、やさしいところもあるんじゃん。

そのとき、たねは突然思い出したように口を開いた。

「あっ、老眼鏡を中に忘れてきたみたい。ちょっと探してくるから――」

「何言ってんだよ、ばあちゃん」

拓実は呆《あき》れたような口調で言葉を遮《さえぎ》り、祖母が持っていた巾着袋《きんちゃくぶくろ》を指さす。

「老眼鏡《ろうがんきょう》なら、その中に入ってるだろ。まったく、忘れっぽいんだから」

言われるままに、たねはもぞもぞと袋の中を探った。すると、ケースに入ったままの老眼鏡は確かにそこにあったのだった。

「さて、花菜ちゃんもそろそろ部屋に帰ったほうがいいよ。もうここは戸締《とじま》りするから」

白い軽トラが駐車場から出て行くのをぼんやり見送っていた花菜に、千葉が声をかけた。

「あっ、でもまだそこにお客さんが残ってますよ。小学生くらいの女の子」

「女の子？」

花菜の言葉に、千葉は首を傾《かし》げる。

「今夜の宿泊客は花菜ちゃんだけだし、お客さんはみんな帰って誰もいないよ」

「え？」

そんなはずない——そう言いかけて、振り向いた花菜は言葉を失った。

蝋燭の灯りに浮かび上がった炉端には、空になった座布団の上に、なぜかドングリがひとつ、ぽつんと残されているだけだった。

「あれ、おかしいなあ。さっきまでそこに女の子がいたんですよ。あ、もしかして千葉さんのおうちのお子さんかな。きっとそうですよね？」

「いいや、うちには小さい子どもはいないよ。うちの子は全員男だし、みんな大学に入って盛岡とか東京に出てるよ。小学生の女の子はいないなあ。この近所の子らもみんな大きくなってて、一番下でも中学生とかだねえ」

「で、でも、さっきは確かにそこに女の子がいたんです」

炉端を指さす自分の手が、ぶるぶる震えていることに気付く。

「あー……」

千葉は困ったようにぼりぼり頭を掻いた。

「実はね……この遠野昔話を聴く会のとき、たまーに出るみたいなんだよね」

「で、ででで出るって、何がですか」

「いやいや、そんな怖いものじゃないんだよ。ただ、中には霊感の強いお客さんがいてさ、何回か言われたことがあるんだ」

「だ、だから何なんですか！　もったいぶってないで教えてくださいよ！」

花菜に全力で作務衣の裾《すそ》に縋《すが》りつかれて、千葉は焦《あせ》ったように手を振る。

「大丈夫、大丈夫、ホントに怖いもんじゃないんだから。ただ、おかっぱの女の子が見えるんだってさ」

「えっ？」

「もしかしたら本物の座敷童子じゃないか、なーんて、うちのやつとも冗談で話してるんだけど、もしそうだったらむしろ商売繁盛で縁起がいいよねえ。あっはっは」

そのとき、開け放たれたままだった扉から吹き込んできた風で、蝋燭の灯りが消えた。

座布団の上から転がってきたドングリが、花菜の足にこつんと当たる。

「つひゃあああーーーー！」

情けない悲鳴を上げて、花菜は真横に跳ねた。それは吹っ飛んだと言ってもよい勢いだった。

その弾みで、またつるりと靴下が滑る。

夜も更けた古民家に、本日二度目の尻餅の音が響き渡った。

2

カーテンの隙間《すきま》から射《さ》しこむ光はまだ弱々しい。

早起きの野鳥たちが、にぎやかに鳴き交わしている。

ぼんやりと目覚めた花菜は、布団に横たわったまま首筋に手をやった。そこも額も、冷たい汗でぐっしょりと濡《ぬ》れていた。

『ゴールデンウィークは北日本でお花見ざんまい！』

『民話のふるさと遠野で、桜と遠野物語の癒しを体験してみませんか？』

そんなキャッチコピーの踊るポスターの前で花菜が足を止めたのは、会社を辞めた日の帰りだった。

新卒の就職戦線には、買い手市場と売り手市場の波が存在する。個人の努力では太刀打《たちう》ちできないそれは、ある種の災害といっても過言ではない。花菜の学年を飲みこんだのは、圧倒的な買い手市場の波だった。

まわりの同級生たちも、十社近くもまわってやっと内定を手にするのはまだいいほうで、数十社面接を受けても内定どころか内々定も得られないなどというのはざらだった。

この猛烈な嵐の中、花菜はよく考えもせずに、最初に内定をくれた会社に縋りついてしまった。とにかくこの宙ぶらりんな状態を脱したかった。どこでもいいから早く居場所を見つけて安心してしまいたかったのだ。

だが、そこがいわゆるブラック企業だったのを知ったのは、入社してからだった。

事務職として採用されたはずなのに、なぜか配属になったのは営業だった。人事部に確認すると、一定期間を営業部で研修して会社のことをよく知ってから、各部に配属されるのが通例なのだという。

そして名刺《めいし》交換の研修という名目で、来る日も来る日も駅前で通行人と名刺を交換をしてくるよう強制された。人事部の社員はあくまで「社会人としての経験値を積むため」と主張していたけれど、こうして集められた名刺はダイレクトメールを送ったり、営業電話をかけるために使われており、しかも名簿化して販売までされていたのだ。そのことを誰かがネットの記事で見つけてきて知ってから、同期たちはぽつりぽつりと会社を去り始めた。

毎朝出勤するたびに、空いている席が増えていった。そんな日々をくりかえすうちに、花菜はだんだん眠れなくなっていった。

「そんなに辛いのなら、辞めちゃってもいいのよ？」

「そうだぞ。まだ若いんだし、いくらでもやり直しがきくんだから」

辛い辛いと毎日のように訴える花菜に、両親はそう励ましてくれた。その言葉に縋りつくようにして、花菜もまた会社を去る決心をした。

それから一週間もしないうちに、遠野を目指す旅に出たのだった。

とはいえ、とりたてて遠野を目指す理由があったわけではない。退職した日の帰り、たまたま駅で見かけたポスターが印象に残っていただけだ。

そういえば、遠野物語って、どんなお話なんだろう。宮沢賢治《みやざわけんじ》の童話と、どう違うんだっけ。よく知らないな。新人研修で忙しくてお花見どころじゃなかったし、お花見に行きたいな……。

家路を急ぐ灰色の人群れの中、ポスターを見つめながら、花菜がぼんやり考えていたのはそんなことだった。

「花菜ちゃんがゆうべ見たっていうその子、本当に座敷童子だったりしてね。次の連休の予約が一気に三組も入ったのよ」

南部《なんぶ》鉄瓶《てつびん》の鉄瓶で沸かしたお湯で朝食後のコーヒーを淹《い》れながら、千葉の妻の由香里が楽しげに言った。それを聞いて、千葉はガハハと豪快に笑う。

「そりゃいいなあ。うちに座敷童子が来てくれるんなら大歓迎だ」

「そういえば、前にもこの辺で不思議な子どもを見かけたっていう人がいたわよね」

「不思議な子どもを見かけた……。あっ、もしかして、あの行者《ぎょうじゃ》の若い兄ちゃんのことか？」

「そうそう」

「行者？」

差し出されたコーヒーをちびちび飲んでいた花菜は、上目遣《うわめづか》いで呟《つぶや》いた。ゆうべのことがあるせいで、千葉の言動には多少懐疑的になっているのだ。

「そう。山伏《やまぶし》って言ったほうがわかりやすいかな。修験者《しゅげんじゃ》ともいうね」

千葉は音を立ててカップの中身を啜《すす》った。

「山岳信仰っていって、日本には大昔から山には神様が宿ると信じられてきたんだ。東北だと、霊山として特に有名なのは山形の羽黒山《はぐろさん》かなあ。遠野のあたりだと早池峰山《はやちねさん》だね。そういうところで滝に打たれたり断食をしたりするような厳しい修行を積んで、凄《すご》い力を身につけようとする人たちのことを、行者とか山伏、修験者なんていうんだよ」

山伏が法螺貝《ほらがい》を吹いて火の上を渡ったりする様子を、花菜もテレビで見たことがある。

しかし、それはあくまでテレビの四角く切り取られた画面の中の話で、花菜の暮らす日常からはあまりにかけ離れすぎた存在だった。

「山伏の人たちって、この近くにもいるんですか？」

「そういう話は聞かないけど、さっき言った行者の兄ちゃんが、ここに泊まっていったんだよ。もう七、八年は前のことになるかなあ。すごく若い人だったけどね」

花菜はあやうくコーヒーを吹き出しそうになった。

「修行の途中でペンションに泊まったんですか？　それじゃあ修行にならないんじゃ……」

「あっはっは。まったくだ」

千葉はまた大口を開けて笑う。

「もう、真剣に聞いて損した。その人、実はただの観光客だったんじゃないですか？」

呆れたように花菜はため息をついた。

「そんなんじゃ、その行者さんが見た不思議な子どもの話っていうのも、何だかあやしいなあ」

「ごめんごめん。そっちはちゃんとした話なんだ。証拠もあるよ」

千葉は立ち上がると、壁際の棚に飾ってあった置物の中から、一体の木彫りの人形を持って戻ってきた。

「ほら、これだよ」

手渡されたのは、こけしのような素朴な人形だった。高さ十五センチくらいで、おかっぱ頭の女の子が彫りこんである。

先入観があるせいか、どことなくひめに似ているようにも見えてしまう。

「行者の兄ちゃんが言うには、これは遠野の山に住む神さまなんだそうだよ。ここに来る途中にその姿を目にして、慌てて手近《てぢか》な木の枝で彫ったんだそうだ。でも、神さまというよりは、どちらかというと座敷童子っぽいよね」

「確かに座敷童子っぽいですね。でもどうしてそんなことしたんです？」

「神さまがそうするように命じたからなんだってよ。実はね、早池峰山だけじゃなくってこの遠野の山々にも、昔から神様が宿るって言われているんだ。たまたまゆうべの話には出てこなかったけど、遠野物語にもそういうお話はあるんだよ。遠野の山に住むという三人の女神様のお話さ」

「ふうん」

花菜は手の中の人形に再び目を落とす。

「それで、その人形がどうしてここにあるんです？　その人の忘れものですか？」

「それがねえ、帰り際に『この子が、ここにいたいそうです』なんて言って、置いて行ってしまったんだよ。何から何まで変わった兄ちゃんだったなあ。なかなか男前だったけどな」

思い出すように言いながら、千葉は髭に覆《おお》われた顎《あご》を撫《な》でた。

泊まっていた部屋に戻り、鍵《かぎ》を開けて中に一歩踏みこんだ瞬間、花菜はあれっと思った。

日に焼けた畳《たたみ》の上に、てん、てん、てん、とドングリが落ちている。

そんなものは、食事に行く前は落ちていなかったはずだ。そのドングリの延長上にあるのは、花菜のショルダーバッグだ。

嫌な予感がした。

部屋を出る前、化粧品を使ったあとは、確かにバッグの口を閉じていったはずなのだ。急いで確かめると、財布の中身だけがきれいに消えていた。

3

「うーん、困ったねえ」

千葉は腕組みをして唸《うな》った。

今までこんなに汗をかいたことはないというほど、冷えた汗が背中をだらだら流れていく。正座している座布団にまで、流れた汗がじわじわとしみこんでいくようだ。

「本当にすみません。ついさっきまでは、ちゃんとあったんです……」

語尾が消えそうなその言葉の後を引き取って、千葉は勇気づけるように笑みを浮かべた。

「うん、それは信じるよ。だってきのうもおとといも、花菜ちゃんは遠野市内観光してたもんね。スマホで撮った写真も見せてもらったし」

「すみません……」

花菜は塩を掛けられた青菜のように項垂《うなだ》れた。

そうなのだ。昨日までは確かに財布の中身はあったはずなのだ。

バスやタクシーを乗り継いで、千葉家の曲《まが》り家《や》や、伝承園《でんしょうえん》のオシラ様を見たあとにカッパ淵へ行き、遠野市立博物館を見たあとに、さすらい地蔵に寄って、道の駅で食事をして……。

　そんなふうに遠野を堪能《たんのう》していた間はまだ、宿代を払ってもお釣りが来るだろう十万円程度は残っていたはずなのだ。もっとも、就職活動でいろいろ使ったせいで、ほとんど全財産と言っていい有様《ありさま》だったが。

「こちらの宿泊費は、ここで働いてでも必ず返しますから、どうか警察には通報しないでくださ い……」

「通報なんて、そんなことするもんか。花菜ちゃんは何にも悪いことはしてないんだから」

「そうよ。お金のことだったら気にせずに、おうちに帰ってからゆっくり送ってくれてもいいのよ」

「でも、帰りの新幹線の切符も財布の中だったんです。それも一緒になくなってて……私、クレジットカードは持っていないし」

　さすがに千葉夫妻も顔を見合わせる。

「ホントに、何日かかっても働いて返します！」

「でもうちの働き手は夫婦で間に合ってるし、忙しい桜のシーズンはもう終わりかけだしなあ」

「そうだ。ねえ、伊能《いのう》さんのところに電話してみたら？　あそこの社長さんが、人手が足りない人手が足りないって、会うたびにこぼしてるもの」

「伊能さん？」

妻の提案に、千葉は少し驚いたように目を見開いた。

「そうだなあ、あそこならいいかもしれない。すぐに電話してみよう」

それから間もなく、一台の白い軽トラがペンションまがりやの駐車場に滑りこんできた。

運転席から降りてきたのは、頭にタオルを巻いた作業服姿の青年――伊能拓実《たくみ》だった。

「はあ？」

千葉の話を聞いて、拓実の声が裏返る。

どうやら、拓実はここに来る前に、詳しい話は聞かされていなかったらしい。

千葉が電話で話をしたのは、拓実の父である遠野農林株式会社の社長だった。社長は千葉の話を快諾《かいだく》し、結果として息子である拓実が派遣されてきたのだった。

だがその社長もいいかげんなもので、仕事中の息子にろくな説明もせず、「うちの会社に新しくバイトが入るから、まがりやさんまでちょっと迎えに行って来い」とだけ告げたらしい。

そんな彼に対して、千葉は経緯をもう一度はじめから説明しなければならず、むろん花菜も針のむしろに座るような思いでその場に同席していた。

その結果が、先ほどの拓実の第一声というわけだ。

「何ですかそれ。そんなこと本当に起こるんですか？」

明らかに馬鹿にしたような目で、拓実は花菜をじろりと睨《にら》む。もともと鋭い目つきで睨まれると迫力があり、花菜の顔は引きつった。

「それがね、拓実くん。本当のことなんだよ」

「どうせ無駄遣いしすぎてすっからかんになったとかじゃないんですか？　こいつ、見るからに迂闊《うかつ》そうだし」

「違います。本当に部屋に戻ったら、なくなってたんです！」

思わず反論すると、拓実はさらに目を細めた。

「だって、どう考えてもおかしいだろ。昨日までは観光だなんだって出かけていたっていうのに、いざ帰る段になってタイミングよく金がないって騒ぐなんてさ。しかも部屋の窓も戸も、鍵がかかってたんだろ？」

その点については、拓実に言われずとも、誰より花菜自身が納得いかないことだった。

部屋に入ることのできた人間は、鍵を持っている花菜か夫妻だけなのだ。

「千葉さん、こいつ、何だかんだうまいこと言って、宿代踏み倒すつもりかもしれませんよ」

「そっ、そんなこと、しません！」

「じゃあどういうことなんだよ」

取り付く島もないとはこのことだ。

なぜ、ほとんど初対面の人間に、ここまで言われなければならないのか。

花菜はのどの奥から熱いものがこみあげてきたが、噛《か》んだ奥歯にぐっと力を入れて、泣いてしまうことだけはどうにか我慢した。

今は感情的になっている場合じゃない。

この人に断られてしまったら、残る手段は両親に連絡することだけだ。

せっかく大学を出て就職したばかりの会社を一カ月足らずで辞めてしまって、しかも家にいてぶらぶらしているのも気まずくて旅に出てきてしまった。そのあげくに、うっかり一文無《いちもんな》しになったから助けてくださいなんて、あまりに情けなさ過ぎてとても話せなかった。

花菜は必死に頭を下げた。

「どうか宿代と交通費がたまるまで、伊能さんのところで働かせてください。どんな仕事でも、一生懸命やりますから」

「ふうん、どんな仕事でも——ね」

立ったまま、花菜を見下ろしてつぶやく拓実の言葉には、どこか剣呑《けんのん》な響きがあった。

「あ、あの、できれば、簡単で安全なお仕事がいいなあ、なんて……」

「アホか。うちは山仕事が中心の会社だ。簡単も安全もねえよ。きつい・汚い・危険は覚悟しとけ」

ひえええええぇ！

花菜が竦《すく》み上がると、宥《なだ》めるように千葉が間《あいだ》に割って入る。

「ここはおれの顔を立てて、一肌脱いでくれないかな。なっ、頼むよ、拓実くん」

「ほんとにもう、しょうがねえなあ」

拓実は不満を隠そうともせずに、大仰《おおぎょう》なため息をついた。

「千葉さんたちには、うちの会社もばあちゃんもお世話になってるから、特別ですよ。いきなり素人さんをバイトに使うなんて、なかなかやらないんですから」

「いやあ、ありがとう拓実くん！　さすが次期社長！」

千葉の太い腕でばんばん背中を叩《たた》かれて、拓実は咳《せ》きこむ。

だがそんなことなどお構いなしで、千葉は楽しそうにガハハと笑った。

花菜はどっと疲れを感じていた。むしろ大変なのはこれからなのだとわかっていたが、先のことを考えると体中の力が抜けるようだった。

「じゃあ花菜ちゃん、頑張るんだよ。もし困ったことがあったら、うちに電話してくれてもいいから」

「そうよ。気軽に電話してね。花菜ちゃんはうちの娘みたいなものだから」

荷物をまとめた花菜に、見送る千葉夫妻は笑いかけるが、花菜からしたら今すぐ助けてと叫び出したい心境だった。

「おい、さっさとしろよ」

「は、はい」

戸口で待っていた拓実から鋭い声が飛ぶ。

花菜は慌てて走った。けれどどうしたことか、花菜がスニーカーを履いて傍《そば》まで来ても、拓実はじっと室内に目を凝らしているようだった。

その視線に気づいた千葉が、首を傾げる。

「拓実くん、どうかしたのかい」

「あの人形、前からあんなところにありましたっけ？」

「人形？　ああ、あれのことか。よく気づいたね」

拓実の視線の先にあったものを千葉は手に取った。

「朝飯のときに、この人形の由来を花菜ちゃんに教えてたのさ。そのときにちょっと動かしたんだ」

「なんだ、そういうことですか」

拓実は安心したようにふっと息を吐《は》く。

「あはは。もしかして勝手に動いたかも、なーんて思ったかい？」

「まさか。そんなはずないでしょう」

拓実のそっけない返しにも動じず、千葉は人形のおかっぱ頭をやさしく撫でて棚に戻した。

「そういえば拓実くん、この人形がお気に入りだったたねえ」

「そんなんじゃないです。ただちょっと、知ってる人に似てるんで、気になっただけですよ」

「あっそうだ。よかったら、今回のお礼にあげようか」

「いや。あれは、ここに置いてもらったほうがいいんですよ。それじゃ」

拓実はどこか抑揚《よくよう》のない言葉だけを残して、背を向けた。


お母さん、遠野はすばらしいところです。

予定の日程もあっという間に過ぎてしまいました。

本当は今夜の新幹線で帰るつもりだったけど、遠野の方たちと知り合いになって、その方のおうちにしばらくの間、お邪魔させていただくことになりました。

その方のおうちでは、遠野で林業の会社を経営されているの。

そこでバイトとして働かせてもらいながら、いろいろ勉強してくるつもり。

だから、そちらに帰るのはもうちょっと先になりそう。

でも心配しないでね！　お父さんにもよろしく言っといて！

花菜より

「送信、っと」

メールを打ち終わった花菜は、布団の上に転がった。

本当にこの一日はいろいろあった。あり過ぎたくらいだ。

朝起きたときには、ご飯を食べたらチェックアウトして、きっと今ごろは自分の部屋にいるんだろうなんて、ごく当たり前のように思っていたのに、今は伊能家の二階に間借りして、こんなメールを打っていたりする。

しかも驚くことに、翌日は朝五時起床だそうだ。

「起きられるかなあ……」

ごろりと寝返りを打つ。

もし万が一にも寝坊なんてしたら、あの鬼軍曹《おにぐんそう》――じゃなかった、拓実に言いたい放題暴言を吐かれるに違いない。そうならないためにも、ちゃんと起きないと。

ああ、ホントに今日は疲れたなあ……

そんなことを考えながら、花菜はいつの間にか、とろとろと眠りに落ちた。

しばらくして、小さな電子音が響いたが、花菜がメールの着信に気づいたのは翌朝だった。

花菜へ
遠野でバイトなんて、お父さんもお母さんもびっくりしています。
でもきっとそれも何かのご縁ですね。
今しかできないこともたくさんあるんだし、お母さんは賛成です。
こちらのことは気にしないで、いろんなことにチャレンジしてみて。
何か送ってほしいのものがあったら、メールください。
お母さんたちも、いつか遠野に行ってみたいなあ。
何はともあれ、無理しないで頑張って！
母より

4

七万円稼ぐまでは、頑張るぞ！

翌朝、身支度を済ませた花菜は自分に言い聞かせるように拳《こぶし》をつくって気合を入れると、台所に続く扉を開けた。

「おはようございまーす！」

「なんだよその顔、まさかスマホ弄《いじ》ってて夜更かししてたなんて言わねえだろうな」

現れた花菜の顔を見るなり、拓実は言い放った。

「そんなことしてません。ちゃんと早めに寝たもん」

借りた作業服の上下が花菜の体には少々大きいため、袖《そで》を捲《まく》りながら反論する。しかし、その目の下には化粧で隠しきれなかったクマが浮いていた。

これまでは会社のストレスで寝不足だったが、昨夜は明らかに拓実が原因で寝不足だ。

「そんなんで、初日から途中でへばるなよ」

鼻を鳴らした拓実だったが、その頭に何かが勢いよくぶつかって、ゴツンと派手な音を立てる。

「いってーな！　何すんだよ、美里《みさと》！」

「お兄ちゃんが悪いんでしょ。もう、朝からイヤミばっかり言って。ご飯がまずくなるよ」

拓実に負けずに言い放ったのは、妹の美里だった。

白いシャツとチェックのプリーツスカートの制服の上から、小花柄のエプロンをつけている。黒くてつややかな長い髪が、背中まで流れていた。

色白で華奢《きゃしゃ》な手には、彼女の頭と同じくらいもありそうなボリュームの弁当箱が握られていた。

さっき拓実の頭を殴《なぐ》ったものの正体がこれらしい。

「どうせ、先輩風吹かせる気なんでしょ」

「はあ？　いつ誰がそんなもん吹かせたよ？」

「うるさいなあ。もう、いいからさっさと朝ご飯食べちゃってよ。片付かないでしょ。はい、これ」

拓実の手に弁当箱を押しつけておいて、美里は花菜に向かって拝《おが》むように手を合わせた。

「ごめんなさい、花菜ちゃん。うちの兄ってば、こんなんで」

「えっ、い、いいえ」

「おい美里、そいつを甘やかすなよ」

拓実の言葉はさらりと無視して、美里は拓実よりひとまわり小さい包みを花菜に差し出した。慌てて箸《はし》を置いて受け取ると、ほんのり温かい。

「これが花菜ちゃんの分。好き嫌いとかわかんないから、もし苦手なものがあったら残してくださいね」

「何から何まですみません」

「気にしないで。どうせうちのおじさんたちと、あたしの分もつくるから。四つつくるも五つつくるもほとんど変わらないし」

「おい、おれはまだおじさんって歳じゃねえぞ。今年で二十六だ」

兄の抗議はさらりと無視して、美里は自分も食卓についた。

むっつり顔の拓実は、もくもくと納豆ご飯をかきこんでいる。

その隣では、遠野農林株式会社の社長にしてこの兄妹の父、伊能茂《しげる》が静かにみそ汁を飲んでいた。

社長の向かいには拓実の祖父の光吉《こうきち》と、祖母のたねが並んでいるが、二人とも他の家族より一足先に食事を始めていたようで、既《すで》に食後の茶を啜っていた。

たねは花菜を見て「おはようさん」と言ってくれたが、光吉は陽に焼けて深い皺の刻まれた顔をむっつりとしかめたままで、一言も口をきかないままに、席を立ってしまった。

「朝から騒がしくてびっくりしたんじゃないかな、花菜ちゃん」

美里と拓実の応酬が落ち着いたころを見計らうように、茂が声をかけてくる。

「い、いいえ。わたしは一人っ子なので、家族がたくさんいるって、ちょっとうらやましいです」

「減らず口たたいてないで、さっさと食っちまえよ。置いてくぞ」

花菜がまだ言い終わらないうちに、拓実は席を立つ。

慌てて花菜も、残りのご飯をみそ汁で流しこんだ。

山仕事に出るのは、伊能家では茂と光吉、それから拓実の三人だ。

花菜を加えた面々は、二台の軽トラに分乗して、今日の作業場まで向かった。他の社員とは、現地で合流するらしい。

どうせなら社長さんと一緒の車がよかったなあ。

花菜は心の中でつぶやいて、隣でハンドルを握る拓実には聞こえないように、密《ひそ》かにため息をついた。

窓から顔を少し出して、来た道を振り返ると、伊能家が見える。

伊能家は、山間に住宅がぽつんぽつんと並ぶ集落にあった。

ペンションを去る前、「拓実くんのうちは、とにかく凄いぞお」と千葉が囁《ささや》いた意味が、花菜にもすぐにわかった。

伊能家に近づくにつれて、まず目に飛びこんできたのは、高台の傾斜地に、精緻《せいち》に組まれた石垣だった。まるで戦国時代の武将の城のようだ。

伊能家は数百年も続く豪農の家系なのだそうだ。千葉がいろいろと教えてくれた。

敷地の一角には、堂々たる風格の、茅葺《かやぶき》の曲り家が建っている。けれど伊能家の人々は、普段はそちらでは寝起きしていない。同じ敷地内に建てた、築約十年の母屋《おもや》で暮らしている。

それもそのはずで、伊能家の曲り家はなんと江戸時代後期に建てられたもので、国の重要文化財に指定されているのだという。時代劇の撮影に使われたこともあるそうだ。

曲り家とは、南部曲り家ともいい、江戸時代に南部藩と呼ばれていたこの辺りの地域に固有の伝統的な農家の建築様式だ。母屋と馬屋が一体化して、L《エル》の字のように中で繋《つな》がっている。母屋の台所で竈《かまど》を使って煮炊きする際の暖気が馬屋に流れこんで、馬たちの暖房を兼ねるよう工夫された、先人の知恵の結晶だ。

ペンションまがりやも、伊能家より遥かに規模は小さいものの、曲り家を改装してつくられた宿だった。

昨夜、ペンションまがりやから拓実の軽トラで揺られてここまで来たときは、緊張でそれどころではなかったたし、夕方だったこともあって周囲の風景はろくに覚えていなかった。

けれどこうして見ると、高台に建つ伊能家は堂々とした迫力を纏《まと》っていた。もしこれが江戸時代だったら、それこそ城のように見えていただろう。

「曲り家が珍しいのはわかるけど、あっちには立ち入るなよ」

初日のうちに、拓実にはそう釘《くぎ》を刺された。

聞けば屋根と壁の一部で痛みが激しく、危ないので普段は立ち入り禁止にしているのだという。修復には数千万円もかかるらしく、そう簡単には手が出せないらしい。

「まあ、いざとなったら市に寄付するしかないんだろうな。じいちゃんは猛反対してるけど、背に腹はなんとやらってやつだ」

拓実は飄々《ひょうひょう》とそう言うが、その顔にはどこか影がさしていた。

昔は実際に住んでいたというから、拓実も小さいころはここで過ごしていたのかもしれない。そんな思い出の詰まった家をもし手放すことになったら、さぞかし寂しいだろう。

外面はいいくせに、身内や目下の人間の扱いはいいかげんでちょっとやなやつと思ってたけど、実はけっこう中身は繊細《せんさい》なのかも。

「あっ、おれが言ったってじいちゃんに告《つ》げ口《ぐち》すんなよ。おまえうっかり者だから信用できないんだよな」

しかめ面で指差され、花菜はむっとした。

「そんなこと、言われなくっても言いませんよーだ」

前言撤回。やっぱりこいつ、いやなやつー。

対向車が来たらどうするんだろうかと不安になるような、細くて傾斜がきつくてしかも曲がりくねった道を、拓実はアクセルを強く踏みこみ、ぐいぐい登っていく。

周囲は鬱蒼《うっそう》とした森が続き、昼でも薄暗い。未舗装の道には轍《わだち》ができていて、軽トラの薄いシートを通して、衝撃がけっこう腰に響く。花菜はあっちこっちに振られる体を支えるのに必死だった。

やがて、やや拓《ひら》けた場所に出ると、軽トラはそこに停まった。

一足先に着いた社長が、車を降りて手を振っていた。

「いろいろ考えたんだけど、花菜ちゃんが手伝いに入ってくれることになったから、今日はこの区画で作業してもらおうと思うんだ。ここなら比較的平らな場所だし林道からすぐだから、車からあまり歩かないですむからね」

どうやら、花菜のために予定を変更してくれたらしかった。

昨夜のうちに社長にちらりと聞いたところでは、遠野農林株式会社は遠野でも有数の林業会社なのだという。

「いやあ助かるよ。去年一人辞めちゃったところについこの間まで大雪でさ、杉の苗の植えつけが予定よりかなり遅れていてね。猫の手も借りたいところだったんだ」

「使えない猫の手かもしれないけどな」

それまで首にかけていたタオルを頭に巻きながら、拓実は呟いた。

「こら、拓実。いいかげんにしなさい」

「へいへい」

拓実はまったく反省していない様子で舌を出すと、さっさと林道を渡ろうとする。

「じゃあ、おれはあっちに行くぜ」

「こら、人の話は最後まで聞きなさい」

茂は背中を向けた拓実の襟首《えりくび》を捕まえる。目にもとまらぬ早業《はやわざ》だった。

「ぐえっ」

拓実は蛙《かえる》を握り潰《つぶ》したような声を出して咳きこんだ。目尻に小さく涙がにじんでいるところを見ると、本当に苦しかったのだろう。

「何すんだよ、このクソ親父《おやじ》！　死ぬかと思っただろ！」

「おまえは、今日はここの担当だ。花菜ちゃんへの指導も兼ねてな」

「はあ？　そんなの親父がやりゃいいじゃん」

「これは社長命令だ」

茂が職権を乱用し始めたところで、さっきまで傍で地下足袋《じかたび》を直していた光吉が、いつの間にか林道の反対側の斜面を軽快に登っていってしまっていることに、花菜は気づいた。

「あ、あれっ。おじいちゃん、あっちに行っちゃいますけど」

「ああ、いいんだ。おれとじいちゃんは、あっちで作業する予定だから」

「はあ？　差別かよ」

「つべこべいうな。元はといえば、うちの人手不足の原因のひとつはおまえなんだからな」

花菜が呆気《あっけ》にとられている間にも、光吉の姿は森の向こうに消えてしまった。

「こいつはこういう性格だからね。この間も、せっかく入った新人を厳しく指導しすぎてさ。やっとこれから戦力になるかっていうときだったのに、自分は高校からうちの仕事を手伝って慣れているもんだから、加減がよくわからないんだよ。半年間の試用期間が終わる前に、その子、辞めちゃったんだよ」

さもありなん。

花菜は心の中で、名も顔も知らぬその新人に合掌した。

「ここはね、ちょっと前に皆伐《かいばつ》したところなんだ」

社長が指さす先の斜面は、周囲の薄暗い森とは違って、ぽっかりと空が見えている。

地表にはごろごろと切り株が点在しているが、生えている木はひょろっとした細いものばかりだ。一面に細かい枝や葉が散らばっている。

「かいばつ？」

「皆伐っていうのはね、こんなふうに、区画丸ごと木を伐り出してしまうことだよ。このやり方だと、林道に大型のトラックを横付けして、伐り出した木材を運び出すのが簡単なのさ。ただ、大雨が降ったりすると一気に大切な表土が流れてしまって、災害につながる危険性もあるから、今はなるべくやらないのが主流だね」

「皆伐じゃないやり方はどうするんですか？」

「間伐《かんばつ》っていって、必要な木以外を選んで伐《き》るんだ。でもそれだと、周りに生えている木を傷つけないように倒したり運び出したりする技術と手間がかかるから、なかなか大変なんだよ」

「はいこれ。花菜ちゃんの今日のノルマね」

にこやかに指し示されたのは、こんもりとした苗の小山だった。

「あの、これ……何本くらいあるんですか？」

「うん？　そうだねえ、せいぜい三百本というところかなあ」

軽く目眩がした。

けれど、これをやるためにここに来たのだ。弱音など吐いてはいられない。

「ちょっと拓実、お手本見せてあげなさい」

「苗の植えつけくらいで、お手本も何もあるかよ」

「社長命令」

「へいへい」

拓実は慣れた手つきで鍬《くわ》を使い、地表の細かい枝葉を避けると、ざくりと土を掘った。開いた穴に苗をやさしく挿し、根の隙間にまで土がちゃんと入りこむように埋め戻す。無駄のない動きで、どんどん拓実は苗を植え進めて行く。あっという間に、若木の列ができてきた。

「おれが縦と横に目印になるように植えてやるから、あとはそこからまっすぐ一直線に植えてみろよ。イメージは碁盤《ごばん》の目だ。コツは植えたあとの苗を少し引っ張ってみて、簡単に抜けてこないようにきちんと土をかぶせることくらいだな」

「……わかった。やってみる」

花菜は意気込んで、帽子を被《かぶ》りなおした。家を出るときにたねが貸してくれた、つばが広くて顎の下で紐《ひも》を結んで固定する、農作業用の帽子だ。

途中、鉛筆ほどの太さはあろうかという大物のミミズが出てきて悲鳴を上げたり、腰が痛くなったりしながらも、花菜はいつの間にか無心になって作業に没頭していた。

こんなふうに頭をからっぽにして、体を動かすのは久しぶりだった。

はじめは文句たらたらだった拓実も、黙々と作業を進めている。

最初のほうこそ、腕を組んで拓実と花菜の様子を見守っていた茂の姿は、いつの間にか消えていた。そんな社長が光吉とともに戻ってきたのは、昼食の時間になったときだった。

「おーい、そろそろ昼にしよう」

各自がめいめいに、軽トラの足元に置いておいた弁当を持ってきて、木陰《こかげ》に集まる。

いったいいつの間に仕込んでいたのか、社長は軽トラの荷台から、スポーツの大会で見かけるような特大のポットを降ろしてきた。入っていたのはよく冷えた麦茶で、汗をたくさんかいた体に、しみわたるような美味さだった。

美里がつくってくれた弁当には、かわいらしいタコの形に切られたウィンナーソーセージと卵焼き、それからみそを塗って香ばしく焼かれた一口大の鶏肉が幾《いく》つか入っていた。

ご飯の真ん中には、立派な梅干がまるで主役のようにでんと鎮座している。

聞けば、この梅干はたねが手づくりしたものらしい。やわらかな果肉の梅干の酸《す》っぱさと塩分が、これまた疲れた体にしみた。

「げっ、何だこりゃ」

弁当の蓋《ふた》を開けた瞬間、拓実が声を上げた。

何ごとかと、皆がその手元を覗《のぞ》きこむ。

拓実のご飯には、細く切った海苔《のり》で「バカアニキ」と書いてあった。

「あのバカ妹め、覚えてろよ」

「おまえが朝から美里を怒らせるからだろ」

涼しい顔で茂は弁当をかきこむ。

光吉はそうしたやり取りの間もほとんどしゃべらず、もくもくと食事をしていた。

一日はあっという間に過ぎた。

その晩、へとへとになって伊能家に帰りついた花菜は、社長の好意で一番風呂を頂戴《ちょうだい》すると、夕飯も食べずに布団に突《つ》っ伏《ぷ》して、泥のように眠った。

翌朝、空がうっすらと明るくなるころに花菜は目を覚ました。

ちょっと寝返りを打っただけで、関節が外れそうに猛烈な筋肉痛が襲ってきて、思わず悲鳴を上げかける。おまけに、濡れた髪をほとんど乾かさないまま眠ってしまったので、ショートカットの毛先があっちこっちにはねて恐ろしいことになっていた。

布団にくるまって筋肉痛に呻《うめ》いていた花菜は、しばらくしてから枕元に何かが置いてあることに気がつく。

錆《さ》びた機械のようにぎしぎしと軋《きし》む体を捻《ひね》ってよく見ると、それはラップフィルムをかけたおにぎりと、ペットボトルのお茶だった。

おにぎりの表面には、何か黒いものが見える。カーテンの隙間から射しこむ薄明かりの中で目をこらすと、そこには細く切った海苔で、「オツカレサマ」と書いてあったのだった。

おそらく、美里が置いていってくれたのだろう。

えへへ。

胸の奥から、じんわりあったかいものがこみ上げてくる。
布団に転がったままで齧《かじ》ったおにぎりは、ほどよく塩がきいていた。

第二章

火伏権現《ひぶせごんげん》

1

「え？　うちのおじいちゃん？」

カーペットの床に胡坐《あぐら》をかいて、スナック菓子をかじっていた美里は、きょとんとした顔をした。

「うん。なんとなくわたし、避けられてるのかなあ、って思って」

花菜はベッドに寄りかかって膝を抱えた。

雨粒が規則的に窓を叩く音がする。まだまだ苗の植えつけの遅れは挽回《ばんかい》できていなかったが、この日は土曜日ということもあり、おまけに朝から雨だったので、休みになったのだ。

花菜が遠野で働きはじめてから四日が過ぎていた。体はあちこち悲鳴を上げていたので、まさに恵みの雨の気分だった。

そんな花菜を、高校から帰ってきた美里が「ねえねえ、あたしの部屋でおやつ食べない？」と誘ったのだ。

「あー……そのことかあ」

美里はやや目をそらし、頬《ほお》をぽりぽりと掻いた。

「あれね、別に花菜ちゃんを避けてるわけじゃないから、気にしなくてもいいと思う」

「うそ、絶対に避けてるよ。だってここに来てからほとんど口きいてもらえないもん」

「おじいちゃん、昔の人だし、頑固なところがあるから。たぶんだけど、おじいちゃん、女の人が山に入るの、ほんとは嫌なのよ」

花菜はどきっとした。

「わたしが山に行くのが嫌なの？」

「違う、違う。女の人が山に入ること全般が嫌なんだって」

美里は慌てたように首を振った。ポニーテールにした長い髪の先が揺れる。

「遠野にはそういう話も伝わってるし、実際に昔、山でいろいろあったみたいだから」

「そんなの初めて聞いた」

花菜は驚いて声が上《うわ》ずった。

「だって、拓実くんも社長さんも特に何も言ってなかったよ」

「うん、お父さんとお兄ちゃんは、女だからって山に入っちゃだめとまでは思ってないからね。うちの会社でたまに林業体験会みたいなのを開いてるんだけど、そこに女の人、結構参加するもん。東京とか横浜とか、都会からわざわざ来るんだよ。そういう人たちがうちの山で間伐とか植えつけとか枝打ちなんかに参加するの、別におじいちゃんは反対しないもん」

咽喉《のど》を湿らせるように、美里はペットボトルのジュースをひとくち飲んだ。

「でもおじいちゃんは、きっと今でも、女の人が山に入るとよくないことが起こるって思ってるのかもしれないなあ」

「女の人が山に入っちゃいけないって――どんなお話が伝わってるの？」

「えっとね、ちょっと待っててて」

美里は本棚から一冊の本を抜き出してきた。なかなか年季の入った雰囲気のその表紙には『遠野物語』と書かれている。本を広げて花菜に渡すと、その中に描かれた地図を指し示す。

「おばあちゃんみたいにうまく話せないけど、そこはカンベンしてね」

そう前置きして、美里は話し始めた。

遠野はね、ぐるっと周囲を山に囲まれた盆地なの。

その山々の中でも代表的なのが早池峰山。そして六角牛山《ろっこうしさん》、石神山《いしがみさん》ね。

さて、その昔、ある女神様がおりました。

女神様は、三人の若い娘の神様を連れて、この山々の辺りに来ました。

そこで一晩泊まることにした女神様は、やすむ前に三人の娘に言ったの。

「今夜、もっともよい夢を見た者に、もっともよい山をあげましょう」

それを聞いていた娘たちは、三人とも自分こそは、と思いながら寝たのね。

夜更けになって、天から不思議な花が、はらはらと落ちてきたの。

その美しい花は、一番上の姉姫の胸の上に落ちて止まったんだけど、起きていた末の姫が、目ざとくそれに気づいて、二人の姉姫には気づかれないようにそっとその花を取ると、何食わぬ顔で自分の胸の上にのせて眠ったの。

その結果、末娘がもっとも美しい早池峰山をもらうことになり、姉たちはそれぞれ六角牛と石神をもらうことになったというわけ。

こうして三人の姫神《ひめがみ》は、今もそれぞれがもらった三つの山に住んで、そこを治めているの。だから、遠野の女たちは、姫神たちが嫉妬《しっと》したりして、機嫌を損ねることのないように、今でもこの山には登らない——そう、言われているのよ。

「もしかして、そのせいで？」

美里は頷いた。

「うーん、たぶんね」

「ええー。そんなの、わたしにはどうしようもないよう」

花菜が頭を抱えると、美里は困ったように笑った。

「だから、花菜ちゃんが気にする必要はないいんだって。それにね、これはあたしが言ったたって内緒にしててほしいんだけど……」

美里が声を潜めたので、つられて花菜も息を飲む。

「まだあたしが二つか三つくらいのとき、うちでいろいろあったんだって。お兄ちゃんがあんなふうなのも、おじいちゃんがこんななのも、そのときのせいみたい」

「いろいろ？」

「うん。お父さんもおばあちゃんも詳しい話は教えてくれないから、あたしもよく知らないんだけどね。……なんか、この話題には触れちゃいけない雰囲気？　みたいなのがあるんだ」

美里は肩をすくめ、ペットボトルの中身をちびちび舐《な》める。

「まあ、お兄ちゃんたちが話したくないことなら、あたしも無理にきこうと思わないし。人間誰だって、嫌な思い出のひとつやふたつ、あるじゃない？」

美里は自分よりずっと大人だ、と花菜は思った。

ここは花菜が育ってきた東京ではない。今でもあちこちに不思議な存在が顔を出す、遠野なのだ。

その地に根付いて暮らす人々には、その人なりの生き方がある。待遇が不満だからといって、それをこじ開けようとした自分を、花菜は恥ずかしく思った。

しかし同時に、どこか晴れ晴れとした気分にもなっていた。これまで胸の中でもやもやとしていた形のないものに名前がついて、輪郭がはっきり見えたような気がした。

「あーっ、何だかすっきりした。いろいろお話聞いてくれて、ありがとね」

「どういたしまして。あたしも楽しかった」

花菜は思いきり背伸びをした。

「目標の七万円まで頑張れそうな気がするよ」

「その調子、その調子！」

美里が小さく拍手をしたとき、一階の台所のほうからいい匂《にお》いが漂《ただよ》ってきた。朝食と弁当は美里、夕食はたねが分担するのが伊能家に決まりなのだそうだ。

「あっ、この匂いはおばあちゃんの得意な鯖《さば》のみそ煮だ。あたし、大好きなんだよね」

美里は行儀悪く鼻をひくひくさせる。

花菜も同じように鼻を鳴らした。

「わたしも鯖みそ、大好き。美味しいよね」

「あたしたち、気が合うねえ」

そんなことを言いながら、たねの手伝いをするために二人は階下へ下りていく。その途中、花菜はかすかに鈴の音を聞いたような気がして立ち止まった。

「あれっ？」

「どうかした？」

先に階段を下りきっていた美里が振り返る。

「今、ちりんちりん、って鈴の音が聞こえたような気がしたんだけど……」

「そう？　あたしは何も聞こえなかったよ」

花菜もまた振り返った。

二階の部屋の方は、灯りを消してしまったために薄暗い。じっと耳を澄ませると、思ったよりも雨音が屋内に反響して聞こえた。

「空耳かな。雨の音だったのかもね」

花菜は美里の後に続いて、台所へと入っていった。

2

雨は夜半には上がり、朝には雲ひとつない青空が遠野を包んでいた。

表土はまだ水を吸ってぬかるんでいるだろうということだった。

だが、植えつけの遅延《ちえん》が思うように解消できていなかったこともあり、あまり斜面のきつくない区画を中心に作業をすることになった。

花菜を含めた四人は、いつものように軽トラに分乗して山に向かった。現地で別の班員三人も合流し、とある斜面を一気に片づける作戦だった。山仕事は基本的に班単位で行動する。遠野農林の林業部門には、こうした班が複数あるのだ。

花菜はこの日、朝からなんとなく浮き足立っていた。

昨日、美里から聞いた山の姫神たちの話が、頭の隅《すみ》にいつまでも離れなかったのだ。

別に昨日や今日、山に入るようになったわけでもないのに、鬱蒼と茂る森の木々の葉のむこうや、かすかに霧のかかる山の頂《いただき》のほうから、誰かに自分のことを見られているような気分になる。

自分でも、明らかに集中力を欠いているのがわかった。さすがにまずい。

それでなくとも、この数日で拓実からは「危険な仕事をしている自覚がない」だの、「ぼんやりやってるとそのうちに事故を起こすぞ」だのと、口うるさく言われているのだ。

案《あん》の定《じょう》、拓実はそんな花菜の変化に目ざとく気がついたようだ。

「なんかおまえ、今日ちょっと変じゃないか？」

などと怪訝《けげん》そうに言っては、目を細めてじっと見てくる。

咄嗟《とっさ》のことで、頬が引きつった。

「えっ？　な、何が？」

拓実は眉間《みけん》に皺を寄せた。

「嘘つけ。いつもに増してぼんやりしてるだろ。いくら植えつけだからっていっても、刃物を使ってるんだ。山仕事は体調も精神も万全の状態じゃないと大ケガするぞ」

ぐうの音《ね》も出ない。遠野農林で一緒に働くようになってからわかったが、拓実は周りを実によく見ている。

自分だけじゃなく、他の社員の動きや、山の天気の変化などには特に敏感で、花菜は密かに舌を巻いていた。さすが次期社長というべきか。

「ちょっと考えごとしてただけだもん」

「ほら、やっぱりぼんやりしてたじゃねえか。しゃっきりしろよ」

「はあーい」

覇気《はき》のない返事に顔をしかめて、拓実は自分の作業を再開した。相変わらず、拓実の一連の動きには無駄がない。流れるようにスムーズで、つい見入ってしまう。

昨日、美里から聞いた言葉が、ぷかりと胸の奥から浮かんでくる。

『うちでいろいろあったんだって。お兄ちゃんがあんなふうなのも、おじいちゃんがこんななのも、そのときのせいみたい』

昔、拓実とこの家族に、いったい何があったんだろう。

「ほら、また。ぼけっとしない」

そこにすかさず、苛《いら》ついた声が飛んでくる。

慌てて花菜は苗の入った布製のバッグを拓実から受け取った。

「はいはい、わかったってば」

しかし、たっぷりと水分を含んだ土は重く、長靴にまとわりついてくるので、思うように歩けない。花菜は少しでも動きやすそうな場所を探して、迂回《うかい》した。

「おい、そっちは気をつけろよ。窪《くぼ》んだ地形になってるから、雨がたまりやすいんだ」

「え？」

「見た目じゃわかんないかもしれないけど、土の下に大きい石とか昔の切り株も多いから、引っかかったら危ないぞ」

「そんなこと、言われたって——きゃあっ」

からみついてくる泥の勢いに負けじと、大きく一歩を踏み出しだときだった。

ぐん、と何かに引っ張られるように体が傾《かたむ》く。

「おい！」

ほとんど反射的に、拓実は花菜を庇《かば》うように大きく腕を伸ばした。

＊　＊　＊

「ほんっとーに、ごめんなさい！」

ぱんっ、と仏像でも拝《おが》むように勢いよく両手を合わせて、花菜は頭を下げる。

拓実はぶすっとした顔で、そんな花菜を横目で睨んだ。

「別に、おまえのせいじゃねえよ」

足には、包帯が巻かれている。泥だらけの作業着の裾からのぞく、その白さが目に痛い。

「名誉の負傷だな。身を挺《てい》して女性を守るなんて、わが息子ながら見上げたものだ」

「うるせえな」

うんうんと頷きながら笑う社長を、拓実はぎろりと睨みつけた。

花菜を庇って飛び出した拓実は木の根に足をとられて転び、その際に足首をひどく捻ってしまったのだった。

みるみるうちに足が腫《は》れ上がったので花菜は青くなったが、病院で診てもらった結果、骨に異常はなく、捻挫《ねんざ》ということだった。聞けば拓実は捻挫癖があるらしく、時々この病院のお世話になっているらしい。

「その足じゃ当分は仕事は無理だな。ひとまず一週間は安静にして、来週もう一回来いって先生が言ってたぞ」

「うえええ」

拓実はそれまで聞いたこともないような、情けない声を出した。

それからというもの、拓実は一日中、ずっと仏頂面《ぶっちょうづら》だった。いつもの調子で嫌味を吐き散らされるならまだしも、不機嫌を隠そうともせずに黙っていられると、周りはどうしようもない。

確かにぼんやりしてたわたしも悪いけど、わざとじゃないんだし。そんな拗《す》ねなくたっていいじゃない。

子どものような拓実の態度に花菜もむっとしていたが、そんなことを口にしたが最後、火に油どころかガソリンを注ぐ事態になるのは明らかだった。

翌日、遠野農林の面々はいつもどおり山へ向かうことになった。

もちろん拓実を除いては、だが。

「お兄ちゃんのことなら、気にしないで。お兄ちゃんも、花菜ちゃんのせいだなんて思ってないよ」

「そうそう。身を挺して女性を庇うなんて、むしろおれは自分の息子ながら見直したよ」

美里と社長はそんなふうに言ってくれたが、花菜は苦笑するしかない。

ちらりと拓実のほうを見遣ると、拓実は居間のソファに足を投げ出してぶすっと座っている。

そんな拓実に、光吉が何やら話しかけていた。

話の合間に、拓実は小さく頷いている。さすがに祖父相手には、毒舌《どくぜつ》を披露することはないらしい。

花菜は心を決めて、二人に近づいていった。

「あ、あの――拓実くん」

光吉と拓実はそろって振り返った。

「なんだ、まだいたのかよ」

「えっ」

「ぼさっとしてないで、さっさと支度しろよ。みんなを待たせんな」

拓実の口調は相変わらずだ。

光吉は花菜には何も言わずに、背を向けて玄関のほうへ歩いていってしまった。

「あ、あのね」

花菜が食い下がったとき、その言葉に被さるようにジリリリーーーーンと、甲高い電話の呼び出し音が鳴り響く。

花菜はその場で飛び上がりそうなほどにびっくりした。伊能家の母屋の電話は、今では骨董《こっとう》品ものの黒電話なのだ。

スリッパの音を響かせながら、「はい、はーい」と美里が玄関先の電話台まで走っていく。

「はいもしもし、伊能です。え？　お兄ちゃんですか？　はい、いますけど――」

美里のやり取りを聞いていた拓実が、反射的に声を上げた。

「おれ？」

思わず花菜は拓実と美里の顔を見比べる。

美里は話しながら、拓実に向かって手招いた。けれど当の拓実は面倒くさそうにその場を動こうとしない。美里の形のいい眉がつり上がる。

「はい、はい。あの、ちょっとお待ちください」

手のひらで通話口を押さえて、美里は声を張り上げた。明らかに苛立っている。

「お兄ちゃん、電話だってば！」

「はあ？　誰だよ」

「佐々木さんってひと。いいから早く出てよ。あたしが学校に遅れちゃう」

「佐々木だけじゃわかんねえよ」

「もう、ごちゃごちゃ言ってないで、出てってば！」

通話口をふさいでいても相手に聞こえてしまいそうな美里の大声に、やっと拓実は重い腰を上げた。片足のけんけんで玄関先まで行く。

受話器を耳に押し当てて話す拓実の表情は、普段事務所の電話で話すときの顔より幾分《いくぶん》硬いように見えた。

まだ話の途中だったけど、仕方ない。帰ってきてからにしよう。

花菜はふうと息を吐くと、玄関の上がり框に腰掛けて長靴を履く。

しかし、庭先で待っていた茂の軽トラに乗りこもうとしたところで、家の中から大声で名前を呼ばれた。呼んでいたのは拓実だった。

「おまえ、車の免許って持ってる？」

「ええっ？　う、うん。オートマなら一応あるけど」

「上等。おまえ、これからちょっと運転手になれ。ナビはおれがするから」

「ええーっ!?」

花菜は仰天した。

二年ほど前に免許を取って以来、父の車をごくたまに運転するくらいで、家族以外を乗せたことなどなかったのだ。ましてや手負《てお》いの獣《けもの》――もとい、捻挫で気が立っている拓実を助手席に乗せて運転するなんて、想像するだけでも体の芯がぎゅっと冷えた。

「で、でも、わたし、ペーパードライバーだよ？　山道なんて運転したことないよ！」

「別にたいした道じゃない。のんびり行きゃいいんだから、ペーパーでもゴールドでもかまわねえよ。自分で行ければ一番いいんだけど、あいにく誰かさんのせいで――」

「はい、はい、はい。わかりました！　喜んで運転手を務めさせていただきます！」

「拓実、今の電話、何だったんだ？」

いつの間にか、軽トラから下りた社長が花菜の後ろに立っていた。

「あー……」

拓実はぼりぼりと頭を掻く。

「どうしても見つけてほしい『探し物』が、あるんだってさ」

今度は社長の表情が、はっきりとこわばった。

「おまえ、その話、受けたのか」

「仕方ないさ。最後の頼みの綱なんて泣きつかれちゃあね」

拓実は下を見たまま、また頭を掻いた。

「それに、電話してきたの、佐々木のイシばあちゃんだったんだ」

「佐々木さんか……」

社長は顎に手を当てて、ため息を漏らした。

花菜は二人の顔を交互に見比べたが、まったく会話が見えなかった。

どうやら電話の主が伊能家の知り合いらしいということは想像がついたが、なぜその人が拓実に探し物を頼むのかが皆目《かいもく》わからない。

遠野農林のお得意さまの無理難題？　それとも、林業に関係ある探し物なのだろうか？

花菜はひとりで首を傾げていた。

3

「いってぇ……」

拓実は足ではなく、頭を擦りながら花菜を横目でにらんだ。その目尻にはうっすらと涙がにじんでいる。

探し物を依頼する電話が鳴ってから約一時間後、花菜と拓実は伊能家のある集落から見て、ちょうど向かい側にある山肌に貼りつくようにして建つ集落に来ていた。

「え、えへへへへ。まあ、無事に着いたんで結果オーライじゃない。ね？」

言いながら運転席から下りる花菜だが、膝が若干笑っていて、力が入らない。

自他ともに認めるペーパードライバーの花菜だ。轍にタイヤをとられてひときわ大きくバウンドしたはずみで、拓実はフロントガラスに脳天《のうてん》をしたたかにぶつけたのだった。足を庇っているせいで、思うように体を支えられなかったらしい。

「もしハゲたら、おまえのせいだからな」

「そんなの、知らないよ！　不可抗力だもん！」

「あのう……、うちに何か？」

おそるおそるといった様子でかけられた声に振り向くと、玄関先からひとりの若い女性が怪訝そうに顔をのぞかせていた。化粧っけのない若い女性だ。おそらく花菜とほとんど歳が変わらないだろう。

花菜が何か言葉を口にする前に、杖《つえ》をついているとは思えない動きで、拓実が動いた。

「どうも、遠野農林株式会社の伊能拓実といいます。さきほどイシさんから、こちらに来てほしいとお電話いただいて、お邪魔したのですが――」

「おばあちゃんが？」

女性はちょっと顔をしかめた。口ぶりからすると、どうやら電話の主――佐々木イシという女性の孫のようだ。

「あの、ちょっとここで待っててください」

反応を待たずにそれだけを早口で言うと、女性は家の中に引っこんでしまい、戸も閉めてしまった。

「……どうしたのかな」

「さあな」

「わたしたちが来ること、知らない感じだったよね」

「そうみたいだな」

「でも電話くれた佐々木さんって、知り合いなんでしょ？」

「おれじゃねえよ。ばあちゃんの友だちさ。イシばあちゃんとうちのばあちゃんは、遠野昔話の語り部仲間なんだ。だからばあちゃんの送り迎えをしてるうちに、おれも顔見知りになったってわけ」

　ああ、そういうことか。……あれっ？　でもそうすると、おかしいぞ。

「ちょっと待って。だったら、今のお孫さんと拓実くん、会ったことあるんじゃないの？　顔知らないの？」

「いつもイシばあちゃんは遠慮して、玄関先まで送らせてくれなかったからな。だからおれも、ばあちゃんの家族に会うのは初めてさ」

　拓実はくわああ、と顎が外れそうな大あくびをする。

「ま、どっちにしろ、待ってろって言われたんだから、待つしかないさ」

　手持ち無沙汰《ぶさた》になってしまった花菜も、軽トラの車体に背を預け、あらためて佐々木家の敷地を見回した。

　道路から庭にかけて、灰色の砂利が敷かれているのは、伊能家と似ている。敷地の一角に、茅葺屋根の古い伝統家屋が建っていて、その横に真新しい母屋が別に建てられている点も共通していた。おそらく、佐々木家の家族は普段は伊能家のように、新しい家のほうで寝起きしているのだろう。

ただし、山の斜面に精緻に組まれた石垣の上に、人間が数十人と馬が数十頭一緒に暮らせたという規模の曲り家を擁する伊能家と比較すると、佐々木家の茅葺家屋はずいぶんと小ぶりなものだった。

厩《うまや》と母屋が一体化しているのは同じだが、曲り家に特徴的なL字の形をしていない。こういうタイプの家は「直家《すごや》」と呼ばれるのだと、待っている間に拓実が珍しく色々と教えてくれた。おそらく、拓実も暇を持て余していたのだろう。

「すみません、お待たせしました。どうぞ、上がってください」

ほどなくして、さっきの女性が再び玄関から顔を出す。

拓実と花菜は彼女の後に続いた。

通された佐々木家の居間には、拓実の祖母と同じくらい小柄な老女がソファにもたれて待っていた。どうやらこの時間、家にいるのは祖母と孫娘だけのようだった。

杖をつきながら、よろよろと入ってきた拓実の顔を見るなり、老女の顔に驚きが浮かぶ。

「悪いねえ。足痛いのに、わざわざ来てもらって」

「もう、おばあちゃん。こんなケガしている人を呼んだの？　いったい何の用事なの？」

「ああ、これのことなら単なる捻挫ですから、お気になさらないでください」

眉間に皺を寄せた孫娘の言葉を遮るように、拓実はへらっと笑って、親指で花菜を指した。

「山仕事中にうちの新米アルバイトがへまやらかして、一緒にすっ転んじゃいましてね。なのに当のこいつはけろっとしてるんだから、世の中理不尽ですよ」

な、なんですってえ？　そっちが勝手に一緒に転んだんじゃないの！

思わず反論したいところを花菜はぎりぎりのところで飲みこむ。

心ここにあらずだったのは自分だし、とっさに拓実が庇ってくれたおかげで、自分は作業着のおしりを泥だらけにしたくらいで済んだのは紛れもない事実なのだから。

本当にこの人ってば、二重人格者で二枚舌じゃないの？

心の中だけで思いっきり毒づいて、花菜はぎこちない笑みを浮かべた。

「え、ええ。不甲斐《ふがい》ないバイトで、いつも伊能さんにはお世話になっております……」

「それでおばあちゃん、今日はどうしたの？　電話で、何か大事なものを探してるから、おれに手伝ってほしいって言ってたよね？」

拓実はイシと目線を合わせるように身を屈《かが》める。

拓実は気づいていないようだったが、拓実の言葉を聞いていた孫娘の目が、きっとつり上がったのが、花菜の座っている位置から見えた。

えっと思う間もなく、イシのしわがれた目尻にみるみる涙がにじんで、声が震えた。

「ゴンゲサマが――」

「ゴンゲサマ?」

拓実と花菜の呟きが重なる。

そこに、ヒステリックな孫娘の叫びが追随《ついずい》した。

「またおばあちゃん、その話なの!?　もうゴンゲサマのことは、納得してくれたはずじゃなかったの?」

けれど、イシも引かない。枯れ木のような体をぐっと乗り出して、唾《つば》を飛ばす勢いでしゃべりだした。

「だども、火が出るのはゴンゲサマをなげだからでねえか。ゴンゲサマは火から家を守ってくれる神様なのに、山になげでしまうなんて罰当たりな」

「投げた?」

また思わず口にしてしまってから、皆の視線が自分に集中していることに気がついて、花菜は口元を押さえる。

イシの言葉を聞いた瞬間、花菜の脳裏に浮かんだのは、何だかよくわからない物体をエイヤとばかりに放り投げる人間のイメージだった。それが容易《たやす》く想像できたのか、拓実はやれやれといった顔で眉間のあたりを押さえる。

「なげるっていうのは、この辺の方言で『捨てる』って意味だ」

「えっ？　あっ、そうなんだ」

「それから、ゴンゲサマっていうのは、要するに権現様のこと。つまり神様だ。日本の八百万《やおよろず》の神々は、実はいろんな仏様が、化身として現れた姿だ――っていう考え方があって、これを神仏習合《しんぶつしゅうごう》っていうんだけど、その仏様の仮の姿のことを権現っていうのさ」

花菜は内心で舌を巻いていた。

日ごろは無愛想な態度と毒舌の陰に隠れて見えにくいけど、拓実はなかなか博識だった。山仕事に詳しいのは遠野農林の次期社長だから当然のこととしても、遠野の伝承や民俗学などの用語についてもやたらに詳しい。

「遠野で権現様って言った場合は、お神楽を舞うときに被る、木彫りの獅子頭《ししがしら》の面のことを指すんだ。ゴンゲサマはいろいろご利益があるが、特に強いのが火伏《ひぶせ》だって言われてる」

「火伏って？」

「おまえはホントに何にも知らねえな」

「うっ、うるさいなあ、もう」

相変わらず拓実は花菜には容赦《ようしゃ》がない。

「火伏っていうのは、防火のこと。昔、神楽舞のゴンゲサマがひとりで飛び上がって、軒先《のきさき》が燃えてた家の火を噛んで喰《く》い消してたって話も伝わってるしな」

喰い消す？

花菜は咄嗟に想像した。獅子舞《ししまい》の頭部が軒先に飛び上がって、ガッチンガッチン歯を鳴らしながら火を喰っている様子は、想像している限りはユーモラスだが、もし実際に見たとしたらそんな悠長《ゆうちょう》なことは言っていられないだろう。

「よくわかんないけど、その神様を、捨てちゃった……ってことなんですか？」

花菜の言葉に、老女は何度も首を縦に振る。しかし、これ以上祖母に余計なことをしゃべらせまいとでもするように、孫娘は早口で言った。

「もう、その件については何回も謝ったでしょ、おばあちゃん。みんな悪気があってやったわけじゃないんだし。それにうちの家の中のごたごたに、伊能さんたちまで巻き込んじゃ悪いでしょ？」

「おばあちゃん、さっき、火が出る……って言ってたよね。立ち入ったことをきくようだけど、ゴンゲサマを捨ててしまったことと、何か関係があるの？」

再び、イシがしゃべる前に孫娘が遮る。

「確かに、うちでは何回か小火《ぼや》が出てるんです。最初は家族の誰かの火の消し忘れかと思っていたんですが、あまりに何度も続いたし。縁側の下とか、玄関先とか、庭の木の枝とか、まるで火の気のないところからも出火したりしていたので、放火の線も考えて警察に相談したりもしたんです」

拓実はちらっと目線でイシの様子を気にはしたが、今度は孫娘に向かって尋ねた。

「それで、警察では何かわかったんですか？」

「いいえ。しばらくの間は警察の方が巡回してくれてたんですが、何事もなかったので、少し前に巡回はもうやめてもらうことになったんです」

「それで、小火は出なくなったんですか？」

たたみかけるように尋ねられて、孫娘は返答に詰まった。

「また、出たんですね？」

「……はい」

孫娘の舌鋒《ぜっぽう》は急に切れ味が鈍《にぶ》くなる。

「どこが燃えていたんですか？」

「車が……」

「車？」

「はい。ガレージの中に入れてあったのに、夜のうちにあたしの車だけが、真っ黒に燃えていたんです」

孫娘の声は、わずかに上ずっていた。

拓実は孫娘に頼んで、母屋の隣にあるガレージを訪れる。このところ腰の調子が悪いというイシは杖をついており、花菜がその肩を支えた。

孫娘の言うとおり、ガレージの床には、真っ黒に焦《こ》げた跡が残されていた。熱で融けたタイヤの胸がむっとするような強い匂いが、建物の中にはまだ充満している。これはもはや小火という域を超えているようにも思えた。

拓実は天井を見上げる。奇妙なことに、これだけの火災にも関わらず、天井にも壁にもシャッターの内側にも、煤はおろか焦げ跡ひとつ残っていなかった。

「警察はここも調べたんですよね？」

「はい。でも火事があったとき、家族はみんな寝ていましたから、おそらく放火じゃないかって」

「夜、ガレージに鍵は？」

「かけてます。いつも仕事で最後に帰ってくるのがお父さんなので、お父さんがシャッターを閉めて鍵をかけていました。このときもそうでした」

足を庇いながら屈んで、拓実は指先でそっと焦げ跡に触れた。背を向けて俯《うつむ》いたその顔にどんな表情が浮かんでいるのか、花菜の位置からはわからない。

「捨ててしまったゴンゲサマは、いつもはどこに置いてあったんですか？」

「あっちの家です」

孫娘は茅葺屋根の古い家を指さす。

「……でも、この地区の神楽舞《かぐらまい》のゴンゲサマは、もう十年以上前に新しくつくったものを使ってるんです。うちにあったゴンゲサマは、そのときに代替わりして古くなったものを、おじいちゃんが是非にと頼んで譲ってもらったものだって聞いてます」

孫娘の言い分は、まるで拓実に対して釈明しているようでもあった。

「罰《ばち》当たりなことするから、火が出るんだ」

ぼそりとひとりごとのようにイシが言う。

あちゃあ、と声は出さずに言って、拓実が顔をしかめた。案の定、拓実が口を挟む前に孫娘のきんきんと高い声がガレージの中に反響する。

「でも、あっちの家は取り壊すのもお金がかかるからって、ずっと前から物置として使ってて、普段はほとんど入らなかったじゃない。だから、あのゴンゲサマだって、ずっとしまってあったんだよ！」

堰《せき》を切ったように溢《あふ》れ出す孫娘の言葉は止まらない。

「去年亡くなったおじいちゃんだって、ずっと触ってなかったんでしょ。もの凄いホコリが積もってたよ。だからもうとっくにご利益《りやく》なんて残ってないガラクタなんだって、お母さんもお父さんも思ってたって言ってたもん」

　一気に吐き出して息を荒げる孫娘に、イシは目を合わせずにぼそりと言った。

「おれはそんなごど、思ってねえ」

「だっておばあちゃんは、何でもかんでもとっておくじゃない。割れて使えない甕《かめ》とか、水が漏れる桶《おけ》とか。だからあたし、お母さんたちに頼まれて、そういうガラクタと一緒に車で粗大ごみの処分場に持って行ったのよ」

　イシがこぼれ落ちんばかりに目を丸くした。乾いたその唇《くちびる》がわななくように震える。

「山に……山になげできたって」

「あれは、おばあちゃんがあんまり騒ぐから、そう言ったのよ」

　さすがに決まりが悪くなったのか、孫は祖母から目をそらす。

「だから、伊能さんにいくらお願いしたって見つからないよ」

＊　＊　＊

「ほんとうに悪がったねえ。わざわざ来てもらったのに」

　軽トラの前で、イシは拓実と花菜に深々と頭を下げた。もともと小柄なイシだが、さらにひとまわり小さくなったように見える。

「あまり、気を落とさないでくださいね。うちのばあちゃんが、うちにも遊びに来てくださいって言ってました。また迎えに来ますよ」

「ありがとねえ」

深い皺の刻まれたイシの目尻は濡れていた。

花菜は、イシをこのままにしておいてはいけないような気がした。

あの孫娘の様子からして、佐々木家の中でイシは孤立しているように感じた。孤立という言葉は大げさかもしれないが、それでも家族がイシを軽んじて、邪魔もののように扱っているのは見ていてわかった。

今回のことも、伊能家であったら起こらないような問題で、たとえ起こったとしても家族の中で解決できるような事柄だった。たぶん夜になって、仕事に出かけていた家族が帰宅したら、イシはまた責めたてられるのだろう。

「わたし、おばあちゃんの遠野物語も聞きたい。拓実くんちのおばあちゃんと一緒にお話聞かせてください。おじいちゃんが大好きだったゴンゲサマのお話、わたし聞いたことないんです。だから、お話聞かせてください」

花菜が言うと、イシは小さく目を見開いた。

隣で拓実が「あっ、こら」と囁いたが、花菜は無視した。

「ありがとうねえ。こんなばあちゃんの語りでいがったら（よかったら）、お話させてねえ」

「……はい！　楽しみにしてます」

「じいちゃんもきっと喜んでるねえ。あのゴンゲサマは、じいちゃんがお神楽するときに、いつもつけてだのさあ。若えころのじいちゃんは、もうかっこよくてねえ……」

語りながら、イシのまなざしは花菜たちを通り越して、遥《はる》かに広がる遠野の山々に向けられていた。獅子頭を纏い踊る凛《りん》とした夫の姿は、イシの思い出の中に今も鮮やかに残っているのだろう。

帰り道、てっきり「部外者が余計なことを言ってんじゃねえよ」と嫌味が飛んでくることを覚悟していた花菜だったが、意外にもその予想は外れた。

拓実は助手席の窓に寄りかかって頬杖をつき、流れて行く景色をただ黙って見送っている。きつい言葉を雨あられと降らされるのはもちろん嫌だが、沈黙は慣れないだけにもっと居心地が悪い。

ハンドルを握りながら横目でちらっと見やるが、拓実の表情はぼんやりしていて、どうやら機嫌が悪くて口を噤《つぐ》んでいるというわけでもなさそうだった。

「ねえ……結局、あのうちの小火って、なにが原因だったんだろ」

「さあな」

返ってきた言葉はそっけなかったが、棘《とげ》もなかった。

「どっちにしても、あのゴンゲサマは火事から家を守る役目をしてたってことだろう」

4

花菜が風呂から上がったとき、居間に残ってテレビのニュースを見ていたのは、たねひとりだった。光吉と社長は朝が早いから、いつも八時になるとさっさと寝てしまう。

拓実と美里はそれぞれ自分の部屋に引っこんでいる。

「おばあちゃん、あのね。ちょっときいてもいい？」

花菜は立膝でたねの隣へにじり寄った。

「あら、なあに？」

「佐々木のおばあちゃんは、どうして拓実くんに探し物をしてほしいって頼んだのかなあ。おばあちゃん、知ってる？」

たねの表情は特に変わらなかったが、乾いた細い手が伸びてきて、花菜の濡れた頭をやさしく撫でる。

「どうしたの？　佐々木のおばあちゃんのところに一緒に行って、気になったの？」

「そういうわけじゃないんだけど……」

花菜は口ごもった。

「電話があったときの拓実くんと社長さん、何だかちょっと普通じゃない感じだったから、気になって」

拓実のことで気になることがあるなら、拓実に直接尋ねるのが筋ではないか——たねはそんなことを言っていないし、表情に出したわけでもないが、そう思ってしまうのは、花菜自身が後ろめたさを感じているせいだろう。

しかし、たねは意外にもさらりと答えた。

「あの子はね、誰かが探している物や人を見つけるのが、普通の人よりちょっと得意なの」

「探し物を見つけるのが、得意？」

「そう。こんな物や人を探していますって人のお話を聞いてあげて、それがどこにあるかを一緒に考えてあげるのが上手なのよ」

「それって、探偵《たんてい》みたいに推理が得意ってこと？」

花菜の答えに、たねは楽しそうにくすくすと笑った。

「探偵さんはよかったわねえ。あの子が聞いたら何て言うか、ちょっと楽しみね」

「わーっ、だめ、だめだよ。おばあちゃん！」

花菜は慌てて手を振った。

「拓実くんには秘密ね。おまえ何言ってんだって、めちゃくちゃ叱られちゃうよ」

こんなこと、拓実が知ったらそれこそ機関銃《きかんじゅう》のように小言が降ってくるだろう。

「はいはい。秘密ね、秘密」

口ではそう言いながら、たねは笑いを抑えきれない様子だ。

「でもね花菜ちゃん。花菜ちゃんがこのうちに来てくれて、ほんとに良かったなあって思ってるのよ。これからも、あの子の味方でいてあげてね」

「拓実くんは、わたしが味方だなんて思ってないと思うけど……」

「あら、そんなことないわよ。だったら花菜ちゃんに運転手なんて頼まないでしょ」

そうかなあ。あれは単純に、他に選択肢がないからって感じだった気がしないでもないけど。

口には出さなくても花菜が考えていることが伝わったのか、たねは花菜の頭にぽんぽんとやさしく手を置いた。

「おばあちゃんにはわかるの。拓実は花菜ちゃんを頼りにしてるわよ。ただちょっと意地っ張りなだけ」

「意地っ張りって言うより、へそ曲がりって感じだけど」

つい漏らすと、たねは「そうとも言えるわねえ」と言って楽しそうに笑うのだった。

その日の夜中、花菜はぼんやりと目を覚ました。

夢の中で、かすかに鈴の音を聞いたような気がしたが、うまく思い出せない。寝汗をかいたようで、首のあたりがしっとりと湿っていた。

水でも飲もう。そう思って足音に気を遣いながら手探りで部屋を出る。花菜が間借りしている二階の部屋は、階段を下りるとすぐに台所だ。

しかし、その途中に人影があった。ぎくりとして思わず立ち止まる。弾みで肘《ひじ》が襖《ふすま》にぶつかって、がたんと大きな音を立てた。

「何だ、おまえか。びっくりさせんなよ」

人影が言葉を発して振り返る。拓実だった。

指先には火のついた煙草が挟まれている。風呂から上がったばかりなのか、その髪はまだ濡れていて、首にはタオルがかけられていた。薄いTシャツとジャージ姿のせいか、作業着姿でいるときよりも、ひとまわり華奢に見える。

びっくりしたのはこっちだよ。

そう言いたいところをぐっと抑えて、花菜は答えた。

「何だか目が覚めちゃって。のどが渇いたから、水でも飲もうかなと思って」

「ふうん」

いかにも興味がなさそうに返して、拓実は煙草《たばこ》を口元に運んだ。大きく吸ってから、吐き出す。

その仕草に何となく違和感のようなものを覚えて、少し考えて理由がわかった。拓実が煙草を吸っているのを見るのは初めてだったのだ。

「拓実くんこそ、どうしたの」

「別に」

相変わらずの反応。だが、いつものような険は感じられなかった。今の拓実は、ひどく無防備な印象さえ抱かせる。

「もしかして……昼間のこと、気にしてるの？」

「いいや。あんなのは珍しいことじゃないし」

「珍しいことじゃないって……探し物を見つけるのが得意なんだって聞いたけど、そのこと？」

拓実は弾かれたように花菜の方を向いた。

「それ、誰に聞いた」

声が低い。

その目が、暗闇の中で鋭く光ったように見えた。

花菜は自分の迂闊さを心の中で罵《ののし》った。これでは、拓実のことを本人に黙ってたねに尋ねたことを自ら明かしているようなものだった。

けれど意外にも、拓実は怒っているというわけではなさそうだった。怒っているのなら、彼はもっと立て続けに容赦ない罵詈雑言《ばりぞうごん》をお見舞いしてくる。けれど今は、もっと静かに花菜の答えを待っているように見えた。

「誰にって……おばあちゃんだけど」

「ばあちゃんは、おまえにどんなふうに言った？」

重ねて尋ねるその声はやはり静かで、何かに怯《おび》えているようにさえ聞こえた。

花菜はたねとのやり取りを、必死に思い出しながら答える。

それを聞き終わった途端、緊張が解けたように拓実は大きく息を吐いた。

「あ、あの……ごめんね、拓実くんのことなのに、勝手にきいちゃって」

「いいさ、別に。隠してるわけでもないし」

拓実はそう言うものの、その夜は、これ以上のことを話してくれようとはしなかった。

それから数日後、伊能家に連絡が入った。

佐々木家で火災があったのだという。

たねは慌てて見舞いの支度を整え、社長が送っていった。帰ってきた二人に聞くところ、幸いにも焼けたのは萱葺きの家だけだったそうで、普段暮らしている家も、家族も全員無事だったとのことだった。

茅葺の家で佐々木家が暮らしていたのは、もう二十年以上も前のことになるのだと、たねは語った。たねも若いころは、あの家にイシを訪ねてよく行った思い出があるという。

その後、佐々木家の小火騒ぎはぴたりと止んだ。

第三章

艶《あか》い河童

1

花菜が伊能家で働き始めて、まもなく二週間になろうとしていた。

このころになると、たまったバイト代は、ペンションの宿泊費と新幹線代の約七万円にあと少しのところまで近づいていた。

夕食の後、居間でテレビを見ながら唐突に美里が切り出した。

「ねえ花菜ちゃん。七万円がたまったら、帰っちゃうの？」

花菜はぎくりとする。

実は花菜自身も、そろそろ気になっていたところだったのだ。

伊能家に間借りしてバイトすることになった当初は、それこそ一日でも早く帰りたいという思いで頭がいっぱいだった。けれど今は、何となく居心地がよくなってしまっている。

でもそんなことは、さすがに図々しくて口にはできない。

「もともとその予定で、無理言って働かせてもらってるわけだしね」

「えーっ。でもさ、花菜ちゃんって今は失業中なんでしょ。東京に急いで戻る必要ないじゃん」

痛いところを突かれて、花菜は頬が引きつった。

「こら、何を言いだすんだおまえは」

拓実が美里の頭を軽く叩く。

頭を手で庇って、美里は口を尖らせた。

「だってー、花菜ちゃんがずっとここにいてくれたほうが、お兄ちゃんだって楽しいでしょ？」

「どうしておれが楽しいんだよ、バーカ」

「ふんだ、お兄ちゃんのバーカ」

美里は拓実に向かって思いきり舌を出すと、花菜に向き合う。

「そうだ、花菜ちゃん、いっそうちに就職しちゃえば？」

「えっ!?」

「ねえねえ、お父さんもいいアイデアだって思わない？」

「おれは花菜ちゃんなら大歓迎だぞ」

「でしょー！」

「親父も美里も、本人の意見を差し置いて、何勝手に盛り上がってるんだよ」

呆れたように拓実が口を挟むが、花菜の意見を無視している度合いではいい勝負だ。

それまで、黙って茶を啜りながら聞き役に徹していた光吉が、不意に口を開いた。

「花菜坊よ、お前《め》さんはどうしたい？」

「えっ」

まさか、光吉から自分に話が振られると思っていなかった花菜は戸惑う。

「なんぼ周りがやいやい言ったって、最後はお前さんがどう思うかしだいだで」

光吉の言葉はいつものように朴訥《ぼくとつ》だったが、それだけに花菜の胸へ静かに刺さってくる。

「……もしみんなが許してくれるなら、わたし、このままここで働きたいって思ってます」

「ほだら（だったら）、好きにしたら良がんべぇ」

光吉は湯飲みをテーブルに置くと立ち上がる。

ぽかんとして花菜はその背中に尋ねた。

「あの、わたし……ずっとここで働いても、いいんですか？」

すると、光吉は立ち止まって、不思議な質問でもされたように幾度か瞬《まばた》きをした。

「なじょして（どうして）おれにきぐ？」

「だって……」

自分から切り出しておいて、花菜は口ごもった。

てっきり、光吉は今でも花菜が山に入ることを歓迎していないと思っていたのだ。

だから、まさか花菜の残留を後押しするような言葉を光吉が口にするとは想像できなかった。

しかしそれをそのまま口にしては角《かど》が立つ。かと言ってこの機会を逃せば、きっとずっともやもやし続けることになるだろう。

そのとき、ぬっと伸びてきた手が、花菜の頭をぽんと叩いた。

「しょぼい猫の手でも、ないよりはましだろ」

「……拓実くん」

「おまえがやりたいんだったら、やればいいだろ。どっちみち、社長の許可は出てるんだ。じいちゃんもおまえを認めてるから、あんなふうに言ってくれたんだろ？　だから、どうしてそんなことをきくんだって言ったんだよ」

言葉はいつも通りだったが、拓実なりに助け舟を出してくれたということだろうか。

つられて光吉を見ると、ごましお髭の生《は》えた強《こわ》い顔がふっとゆるんだ。

「まんず、拓実の言うとおりだ」

伊能家の長老の言葉に、社長も頷く。

美里とたねは、楽しそうに顔を見合わせて笑っていた。

2

遠野での仕事の区切りを見て、花菜がひとまず実家に帰ったのは、それから約半月後のことだった。社長がバイト代にちょっとだけ色をつけてくれたので、家族へお土産も買うことができた。

久しぶりの関東の空気は、ひどく埃《ほこり》っぽく感じられて、新幹線のホームに降り立った花菜は小さく咳き込む。遠野で過ごした日々はたった一か月かそこらなのに、体はすっかり山里の空気になじんでしまっていたらしい。

遠野農林に正社員として採用されることになった顛末《てんまつ》をかいつまんで話すと、両親は

「あらあら。じゃあそのうちご挨拶《あいさつ》に行きましょうか。ねえ、お父さん」

「おお、そうだなあ。お土産は何がいいかなあ」

などと、どこか楽しそうですらある。きっと林業という仕事がどんなものか、よくわかっていないに違いない。

もっとも、当の花菜自身がまだ山仕事をほとんどわかっていないので、その点に関してはろくな説明ができなかったのだけれど。

この親にしてこの子ありというか、自分が良くも悪くも行き当たりばったりなのは親譲りだな、

などとしみじみ実感する花菜だった。

　日中は母の家事の手伝いや、着替えや身のまわりの細々とした品物など、遠野へ戻るための買出しに奔走《ほんそう》した。特に着替えはもともと最低限しか持っていかなかったので、盛夏から秋冬まで見越して買い込んだ。遠野ではバイト代の前借りをして、市内の百円均一ショップにかなりお世話になっていたのだ。

　そして夜は美里と、SNS《エスエヌエス》（ソーシャル・ネットワーキング・サービス）でたわいのないやり取りをした。

　花菜の不在の間に、東北には例年より少し早めの梅雨がやってきたらしい。

　伊能家の面々は変わらず忙しく過ごしているようだ。そんな中でも、とりわけ花菜を驚かせたのは、拓実の近況だった。なんと拓実は、美里のバイト先のカフェのウェイターを手伝っているらしいのだ。

「えぇーっ、拓実くんが接客業？　信じられない！」

　そう花菜が返すと、さっそく美里から証拠の写真が送られてきた。

　ウェイターの制服を着て、髪もきちんとセットした拓実は、なかなかさまになっている。

　普段は常に頭にタオルを巻いて、無精髭《ぶしょうひげ》も伸ばし放題、遠野農林のロゴの入った作業服やブルゾンばかり着ている拓実だが、さすがに接客するときはきちんとするんだなと、花菜は当たり前のことながら妙に感心した。

拓実は背も高いし、山仕事で鍛《きた》えているので、そういう格好をしているとかなり見栄《みば》えがする。美里いわく、観光客の中には、拓実に一緒に写真を撮ってほしいという女性客も少なくないのだとか。しかも拓実は、にこやかにそれに応じているらしい。

拓実は身内には無愛想を通り越して、もはや理不尽な態度をとることがあるが、他人に対しては要領よくふるまえるという稀有《けう》な特技がある。その一部を、佐々木家の件で花菜もたっぷり体験していた。

なのになぜか、心が騒ぐ。

そんな気分は、あのときには感じなかった。

別に、あんなやつのことなんて、どうでもいいのに。

「でも大丈夫だよ！　心配いらないから」

花菜が戸惑ったのを見計らったかのようなタイミングで、美里の返信が飛んでくる。

「大丈夫って、何が？」

「だってお兄ちゃん、花菜ちゃんのこと気に入ってるもん。お兄ちゃん、あれでなかなか身持ちが硬いんだよ？」

美里はときどき、近所のおばさんのような口調になる。

あの態度のどこが、気に入ってる人間にすること？

これまでに受けた数々の仕打ちを反芻《はんすう》しながら、内心で激しく異議を申し立てる花菜だった。

＊　＊　＊

「よお」

東京から戻った花菜を遠野駅の改札の向こうで待っていたのは、拓実だった。

急いで駆けつけたのか、遠野農林のロゴ入りの団扇《うちわ》で扇《あお》ぐその額や首筋には、汗が光っている。

ゆうべ伊能家に電話を入れた際、タクシーで帰るから迎えはいいと花菜は言ったのだが、それを聞いていた美里に後ろからだめ出しされて、しぶしぶ了承したのだった。

「まったくあいつは、ホントに人遣い荒いっつうの」

だからって、律儀に迎えに来てくれるのが拓実くんらしいよね。

「何か言ったか？」

「べっつに〜」

笑いをこらえながら花菜は軽トラの助手席に乗り込む。花菜の荷物を荷台に積んでから、運転席に滑りこんできた拓実はキーを捻った。

「……まっすぐ帰るのもなんだし、おまえ、どっか寄りたいところあるか？」

まるでひとりごとのようなその言葉に、花菜は反応が遅れた。

エンジンが始動する音と被ってしまって聞き取りにくかったせいもある。

「えっ、何？」

「だから、この後どっか行くかって言ってんだよ。ちょうど仕事も一区切りついたからさ」

普段、あれだけ容赦なく罵詈雑言を浴びせてくるときの舌鋒は、いったいどこに置き忘れてきたかと言いたくなるようなその様子に、また笑いがこみ上げてくる。

もしかして、拓実くんなりにわたしに気を遣ってくれてるのかな？

からかってやりたい悪戯心《いたずらごころ》が芽生えたのは確かだったけど、実行に移すのは止めた。いったん口に出したが最後、何が起こるかは容易に想像できたので。

それに、これが拓実の気まぐれにせよ、美里の差し金《さしがね》にせよ、この空気を壊してしまうのが、ちょっともったいない気がしたのもたしかだったから。

「うーん、そうだなあ。遠野に最初に来たときに、行きたいなって思ってたけど時間とお金の都合で諦《あきら》めたところが幾つかあるんだ」

「そりゃちょうどいいな。で、どこだ？」

「うーんと……めがね橋でしょ、デンデラ野でしょ、続石《つづきいし》でしょ、それから五百羅漢《ごひゃくらかん》でしょ」

「おいおい、見事にばらばらじゃねえか。せめて一箇《か》所にしとけ」

「えー、ケチ」

「あっそ、じゃあまっすぐ帰――」

拓実の言葉を遮るように、バッグの中で花菜のスマホが甲高く鳴った。

『花菜ちゃん、今どこ？　もう遠野に着いた？』

聞こえてきた声は美里のものだった。

「うん。でね、せっかくだから、どこか見て帰ろうかなって拓実くんと話してたところ」

『あー、だったらあたし、超おススメのスポット知ってるよー』

美里の声が楽しそうに弾んだ。

「あいつ、何だって？」

通話を終えた花菜に、拓実はいかにも面倒そうな顔を向けてきた。妹が今度はいったい何を吹き込んだのかと戦々恐々なのだろう。

「うん……それがね。『絶対にうねどりさまにおまいりして来なきゃだめだからね！』って言われたんだけど――」

花菜が言い終わらないうちに、拓実が吹きだした。

「あのバカ！　ホントにろくな発想しねえ」

「え？　お詣りっていうからには、お寺か神社なんだよね？」

「おまえ、卯子酉様《うねどりさま》のこと本気で知らないのか？」

「何となく聞き覚えはあるんだけど、思い出せないんだよね」

拓実は車をアイドリングさせたままハンドルに突っ伏して、それまで聞いたこともないような情けないため息を漏らした。

「しゃあねえな、ちょうどここからも近いし、連れてってやるよ。でも、後悔しても知らねえからな」

拓実のその言葉の意味を花菜が知るのは、卯子酉様とも呼ばれる卯子酉神社に辿《たど》り着いてからのことになる。

「うわあ……」

思わず声が漏れた。

卯子酉様は、愛宕山《あたごやま》の麓《ふもと》に鎮座する小さな祠《ほこら》だった。けれど花菜がつい声を上げたのは、それが理由ではない。

境内の針葉樹の枝には、幾本かの綱が張り渡されている。その枝が重みで大きくしなるほど、綱には無数の赤い布が結ばれているのだ。

布は年月を経て色あせたものから鮮やかな赤を保っているものまでさまざまで、近くまで寄ると赤い雨か滝の只中《ただなか》にいるようで壮観だった。

その布は社《やしろ》に吊《つ》るされ無人で販売されており、短めの赤いハチマキという感じのしろものだった。珍しげに花菜がきょろきょろしている間にも、次から次へと旅行者風の若い女性たちが連れ立ってやって来ては赤い布を買い求め、楽しげにおしゃべりしながら、備え付けのペンで何やら書きこんでいる。

書き終わった布を、彼女たちは枝に張られた縄に真剣な表情で結んでいる。この布は、あんなふうにして増えていったらしい。

「ねえ拓実くん、ここってどんなご利益が——って、あれ？」

振り返って尋ねようとするが、拓実は花菜の隣から忽然《こつぜん》と消えていた。いつの間に逃げたのか、隠れきれなかったとみえる作業着の後姿が、祠の後ろにちらりとのぞいている。

もう、地元民なんだから解説くらいしてくれてもいいじゃない。

「あのー、ちょっとお聞きしてもいいですか？」

花菜が尋ねると、布を結んでいた女性たちはいっせいに振り返る。

「みなさん、さっきその布に何か書かれてたみたいですけど、どんなご利益があるんですか？」

すると女性たちは顔を見合わせた。続いてくすくすと笑い出す。

えっ、あれ？　わたし、別に変なこと言ってない……よね？

「ここはね、縁結びで有名な神社なんですよ」

へっ!?

「そうそう。恋愛についての願いごとを書いた布を左手だけで結び付けることができたら、その願いが叶《かな》うって言われてるんです」

火でも点《つ》いたかのように、自分の顔が赤くなるのがわかった。

もおおおお！　美里ちゃんのバカーーーー!!

花菜は今ごろ楽しそうに笑っているに違いない少女に向かって、心の中で叫んだ。

＊　＊　＊

「おっかえりー！」

大荷物とともに遠野に戻ってきた花菜に突撃してきたのは、何やら大皿を掲げた美里だった。

「ねえねえ花菜ちゃん、これ試食しない？」

玄関先でボストンバッグを肩から提げたままだった花菜は、面食らった。卯子酉様の件で真っ先に文句を言わないといと思っていたのに、出鼻《でばな》を挫《くじ》かれて踏鞴《たたら》を踏む。

「えっ、なに？」

「あたしの新作！　とれたてのブルーベリーのチーズケーキだよ！」

言われてみればなるほど、美里の持つ皿の上には、鮮やかな紫色のホールケーキが乗っていた。

花菜の肩ごしに、拓実がひょいと顔をのぞかせる。

「おっ、できたか」

顔の近さに心臓が跳ねた。

拓実本人はまったく意識していないだろう。花菜はほてった頬を隠すために、わざと屈んで靴を脱いだ。

「お兄ちゃんも、もちろん食べるよね」

「まあな」

そんな花菜の心の中になどまったく気づく様子もなく、拓実は運ぶのを手伝った花菜のスーツケースを上がり框《かまち》の横に置くと、スニーカーを脱ぎ散らかして中に上がった。美里が切ったばかりのケーキのピースをひょいとつかむと、口に運ぶ。

「あーっ、ちょっと、お兄ちゃん、行儀悪い！　手くらい洗ってよ。ちょっと、土台のクッキー生地がぼろぼろこぼれるでしょ！」

「いちいちうるせえな。こういうのは手で食うのがいいんだよ」

「もおー。で、どお？」

「まあまあだな」

さらっとそれだけ言って、拓実は家の奥へと消えていった。

いつもの美里なら、もっとほかに褒《ほ》めたり改善点を指摘したり、言うことはないのかと怒りそうなものだが、上機嫌で残ったケーキを他の家族のために切り分けている。騒ぎを聞きつけたのか、茂やたねも集まってきた。

「拓実くん、甘いもの苦手なの？」

「え？　違う、違う」

美里はポニーテールを揺らしてぶんぶん首を横に振る。

「ああ見えてお兄ちゃん、大の甘党なんだよ。お兄ちゃんの『まあまあだな』は、最大級の褒め言葉なの。ちょっと気に入らないとすぐに『まずい』って言うんだから」

しゃべり続けながらも美里は手を止めず、きれいな三角形に切ったケーキを乗せた小皿を差し出してくる。小皿には淡い紫色の紫陽花が描かれていて、それがまたこの菓子に合っている。

「はいこれ、花菜ちゃんのぶんね」

礼を言って、花菜はフォークで切り分けたケーキを口に運んだ。

ひんやりとほどよく冷たさを保ったチーズケーキは、口の中でとろりととろける。初夏の果実のさわやかな香りが、鼻から抜けていく。

「おいしーい！」

「ほんと？　よかったあ。評判よかったら、カフェの新メニューに提案する予定だったんだ」

上々の評価に美里も笑顔になった。ざっくり大きく切り分けたケーキを口に運ぶ。見ていて気持ちがいい食べっぷりだ。

「このブルーベリーね、うちの会社の果樹園で育ててるんだよ。他にリンゴやサクランボもブドウもあるの。採れた果物は道の駅で売ったり、市内のスーパーに卸《おろ》したりもしてるんだ」

「えっ、遠野農林って林業だけじゃなかったの？」

「うん。それに、うちの会社の牧場で育てた牛から絞った新鮮な牛乳や、その牛乳を使ってつくったバターも売ってるの。あたしがバイトしているカフェで使う乳製品や果物は、みーんな自家製だよ」

美里は胸を張る。

「凄い！」

「でしょ、でしょ？　それにね、そのカフェをつくったのもお兄ちゃんなんだよ。遠野農林が経営してるの。お兄ちゃんがオーナーなんだ」

「えっ、そうなの？」

「うちは農業と林業の両輪なんだよ。代々の伊能家が守ってきた広大な林野と農地を守るのが大事な務めだからね。でもそれだけじゃなくって、遠野の魅力を発信したり、リスク分散して事業を安定させるためにも、いろいろ新しい取り組みは欠かさないんだよ」

美里の話を茂が引き取る。

へぇえ。

花菜は内心で舌を巻いた。

普段は光吉も茂はもちろん拓実も、山仕事をばりばりこなしているところしか見ていないので、そういう経営者の視点から語っているのを見るのは新鮮だった。美里も一人前に店の戦略を考えている。

「拓実がカフェをやろうと言い出したとき、さすがにおれもびっくりしたけどね。おまけに、店舗《てんぽ》は長い間空き家になって荒れるにまかされていた古い民家を改装して、『まがりやカフェ』としてオープンするなんて言うからね。驚いたよ」

そりゃあ、茂でなくともびっくりするだろう。そんな建物を改装してカフェとして使えるようになるまでにするには、相当の情熱と費用がかかるだろうことは、花菜にとっても想像に難くない。

「でも、若い人や観光客を取り込むには、こういうスペースもだいじだろうからって粘られて、あいつの出世払いってことで根負けした形かな。でも今じゃ、やってよかったって思ってるよ。

美里も言ったように観光客にも地元の人にも評判は上々だしね」

「うちのお兄ちゃんって、けっこうやるでしょ？」

いつも憎まれ口ばかり言い合っているのに、拓実のいないところでは、美里は兄のことを誇《ほこ》らしげに語る。

そんな兄妹がいることがちょっとうらやましく、花菜は目を細めた。きっと今ごろ、拓実は盛大にくしゃみでもしているに違いない。

「ところで花菜ちゃん、卯子酉様でちゃんとお願いしてきた？」

油断してペットボトルのお茶を口に含んでいた花菜は、思いきり吹きだした。

「やだー。そんなに照れなくってもいいのにい」

「……美里ちゃん、絶対わざとでしょ。おかげでお詣りしている間も帰ってくる途中も気まずくて大変だったんだから」

「あ、お詣りってことはちゃんと行ってきたんだ？」

「うっ」

花菜は言葉に詰まる。油断も隙もないとはこのことだ。

「明日からの仕事が思いやられるわ……拓実くんがわたしに八《や》つ当たりしてきたら、美里ちゃんのせいだからね」

「大丈夫！　だってお兄ちゃんが卯子酉様のご利益知らないわけないもん。それでも花菜ちゃんを連れてったってことは、花菜ちゃん有望だよ！」

まったく、なーにが有望なんだか。

花菜はため息を漏らしながら、拓実が消えた部屋のほうを見上げる。

卯子酉様で拓実が隠れている間に花菜が何をしていたのかは、拓実にはもちろん、美里にも秘密だ。

3

花菜が合流したことで植え付けの時期を無事に乗り切った遠野農林株式会社は、本格的な夏を迎え、今度は下刈《したが》りに追われていた。

下刈りというのは、せっかく植えたスギやヒノキが生育を邪魔されないように、雑草木《ざっそうもく》を刈る作業のことだ。植え付けしてから最初の年はそれほど雑草木も茂っていないため下刈りを必要としないので、植えてから二年目から五年目くらいの植栽木《しょくさいぼく》の周辺を中心に行われる。

このとき、せっかく植えた苗に絡みついてしまうつる植物も切っておくことが必要だ。でないと、苗が絞め殺されてしまうからだ。

鎌で黙々と草を刈り続けるのは、地味に足腰にくる。もちろん手も肩もガタガタだ。春先に植え付けに追われていたときに、鍬を握る手のひらは血豆だらけになったからもう大丈夫かと思っていたのに、作業が変わったらやっぱり血豆だらけになった。

汗だくになりながらちまちまと鎌を振るい続ける花菜や光吉をよそに、茂や拓実は円盤状の歯のついた刈り払い機で大面積を刈って行く。あっという間に視界がひらけてゆくさまは、見ていても爽快《そうかい》だ。

「いいなあ、あれ。わたしもちょっとやってみたいなあ」

昼時、美里の作ってくれた大きなおにぎりにかぶりつきながら言うと、拓実は口から米粒を飛ばす勢いで反論してきた。

「ド素人《しろうと》が何いっちょまえのこと言ってんだよ。おまえがあれ使ったら、せっかく植えた苗なんて根こそぎ刈られて丸坊主《まるぼうず》になるわ」

「ひっどーい。確かにわたし不器用だけど、そこまでじゃないよ」

「それにおまえに任せてキックバックでも起こされちゃ、責任取りきれないからな」

「キックバックって？」

きょとんとする花菜に、拓実は意地の悪い笑みを浮かべる。

「刈刃が切り株や石なんかに当たって跳ね返されること。ベテランでもこのキックバックで大ケガをすることがあるんだ。うちの社員でも、脛《すね》にキックバックが当たって後遺症が残るようなケガをした人もいるからな。もし当たり方が悪ければ、最悪の場合は命を失うこともある」

ぞぞっとした。

「……鎌《かま》でいいです」

「それでよろしい」

拓実がもったいぶって頷いたそのとき、おにぎりを持つ花菜の手のひらの甲に、ぽつりと冷たいものが落ちてきた。

何だろうと見上げると、青い空にむくむくと入道雲《にゅうどうぐも》が湧《わ》いてくるところだった。

「風が冷えてきたな。雨になりそうだ」

茂が言うと、光吉は頷く。

「今日はもう帰《けえ》るか」

「えっ」

花菜は思わず声を上げた。

まだ空は全然明るいし、雨粒が数滴落ちてきただけだ。それに時間も午前の十一時半くらいで、軽トラにいつも備えてある雨合羽《あまがっぱ》を着ればもう少し作業ができそうだった。実際、少しくらいの雨なら、これまでもそうして作業を進めたことがあったからだ。

夏の暑さで、草木はぐんぐん伸びる。明日以降の作業を楽にするために、少しでも進めておきたいところだった。

「いいや、ここは長老のご意見に従おう」

言いながら、茂がすんすんと鼻を鳴らして風の匂いを嗅《か》ぐ。

「どうやらこの雨は、長くなりそうだ」

茂の言葉どおり、雨脚《あまあし》はそれから一気に強くなり、花菜たちを乗せた軽トラが伊能家に帰り着くころには滝のような本降りになった。

その雨が引き金を引いたかのように、この年の遠野は雨の多い夏となった。

山仕事に出かけられない日が続き、その日も花菜は遠野農林の事務所で時間を持て余していた。

手持ち無沙汰のせいでやたらにコーヒーを飲んでしまい、このところ胃の調子が悪い。多少の事務仕事の手伝いはさせてもらっているが、電卓や数字と睨めっこするよりは、山仕事のほうが性《しょう》に合っていた。

事務所の中を見回すと、茂のほか、二人の事務員の女性が、もくもくと作業をしていた。事務所の中には、いつもかけっぱなしになっているラジオの音だけが、雨音を打ち消すように明るく響いている。

今日はそこに拓実の姿はなかった。おそらく、車で少しのところにある木材の加工場のほうで作業をしているのだろう。山仕事がない日で事務所にいない日はたいていそうだ。カフェのほうには滅多《めった》に顔を出さないらしいから。

「やれやれ、すげー雨だ」

昼を少し過ぎたころになって、やっと拓実は事務所に帰ってきた。雨合羽を着てはいたが、吹き込む風でか、顔も前髪もぐっしょり濡れている。

「おまえ、今日はペレット加工場にいたんじゃなかったのか」

「いたけどね。ちょっと苗場《なえば》のほうを見回ってきた。あそこ、すぐに田んぼみたいになるから気になってさ」

困ったように茂は眉根を寄せる。

それもそのはずで、苗を育てている苗場はどこも山の中にあるからだ。土砂降りの中、山に行く危険は言わずもがなだ。

「仕事熱心なのはいいけど、気をつけろよ。長雨で斜面の地盤が緩んでるんだからな」

「わかってるって」

言いながら、拓実は玄関先で合羽を脱いでコート掛けに吊るし、頭に巻いていたタオルで髪をがしがしと顔を拭《ふ》いた。反省しているのかいないのかわからないその様子に、茂のため息が増える。

「これだよ。花菜ちゃんからも何とか言ってやって」

「何だか、台風のときに田圃《たんぼ》の様子を見に行くおじいちゃんみたいですね」

思わず呟く。

花菜の頭の中に浮かんだのは、台風の時期に田圃の様子を見に行って水害に遭《あ》ってしまう老人のニュースだった。

ぽろっと口から出た言葉だったが、拓実の眉が鋭角《えいかく》につり上がる。

「作山、おまえ……おれが流されてニュースになるような真似するって言いたいのかよ」

「いやいや別にそういう意味じゃ……」

「ああ？　じゃあどういう意味だってんだよ」

深い意味などないに決まっている。けれどそれを言うべきか言わずにごまかすべきか迷っている間に、拓実はふうと息を吐いて自分の椅子《いす》にどっかり座った。

「でもまあ、おまえの言いたいことも何となくはわかるけどな」

「えっ？」

「おれも昔はさ、台風の中、田圃の様子を見に行って水路に落ちて流されちまうじいさんの話ニュースで見るたび、なんでわざわざ流されに行くような真似するんだよって思ってた。でもこの仕事を始めてみて、よくわかったんだよ。田圃も山も、一年からそれ以上かけて土を作り、植物を育てるだろ。いくら自然には逆らえないったって、自分が手塩《てしお》にかけて育てたやつらの様子が気にならないわけないよ。みんな自分の子どもみたいなもんだし、第一この売り上げでメシ食ってるわけだしな」

拓実の言葉には、自分の仕事に対する誇りがにじみ出ていた。

次はどんな言葉が飛んでくるのかと身構えていた花菜は、不意を突かれて心を動かされた。いつもは無愛想で面倒くさがりなくせに、こういうときにだけ真摯《しんし》な表情を見せるのはずるいと思う。

「まあ、わかってるならいい。気をつけてくれよ」

茂の顔もどこか嬉《うれ》しそうにゆるんでいる。結局のところ、社長もこの有能な次期社長には甘いのだ。

そのとき、事務室の電話が甲高《かんだか》く鳴り響いた。

「はい、遠野農林株式会社でございます。はい、はい——少々お待ちください」

何だろうと全員の視線が当の事務員に向く。

「主任にお電話ですよ」

「おれ？」

自分を指さし、拓実は意外そうに声を上げた。

主任というのは、遠野農林での拓実の役職だ。部下らしい部下は事務の女性と花菜しかいないのだが。

次期社長だからといって、特別扱いはせずに現場で叩き上げというのが茂の方針なのだそうだ。

ちなみに先代社長の光吉は、息子の茂に社長の椅子を譲ってからは悠々と気軽なバイトの身分に収まったのだという。

「ええ。おうちのほうに何度か電話したけどつながらないので、こちらに掛けたと仰ってますけど」

それもそうだ。いつもはたねが家にいるが、数日前から光吉と二人で旅行に出かけている。美里は学校だから、伊能家には誰もいない。

「誰？」

「菊池さんという方です」

「菊池さん？　うーん、どの菊池さんかなあ。まあいいや、かわって」

そんなことを言いながら、拓実は受け取った受話器を耳に押し当てる。

「はい。ええ、伊能拓実は私ですが。はい。はい——」

しばらくやり取りしているうちに、拓実からふっと表情が消えた。

受け答えする声のトーンも明らかに低くなっている。茂もそのことに気づいたらしく、作業する手を止めて拓実の様子をじっと見守っていた。

「はい、はい……わかりました。はい、それじゃあ」

「どうかしたのか？」

電話を切るのを待ちかねたように尋ねられても、拓実はすぐには答えなかった。困ったようにがしがしと些《いささ》か乱暴に頭を掻く。まだ濡れたままだった髪の毛先は盛大にはねたが、そんなことは気にもならないようだ。

拓実の表情をじっと見て、茂はゆっくりとした口調で質問を重ねる。

「もしかして、『探し物』の依頼か？」

「あー……うん。知り合いに紹介されたんだって。おれは知らない人だったけど」

茂は嘆息《たんそく》した。

「しばらくなかったのに。続くな、最近」

「まあね」

「嫌だったら、断ってもいいんだぞ。無理に受ける必要はないんだからな」

拓実は顔を上げて、父の顔をまっすぐに見据《す》える。

探し物って、この間の佐々木のおばあちゃんみたいな相談のことなんだろうか。

『あの子はね、誰かが探している物や人を見つけるのが、普通の人よりちょっと得意なの』

たねの言葉がよみがえる。

親子の間に流れる微妙な空気に、花菜は口を挟めない。事務の女性たちも、聞こえないふりでもしているように、電卓やキーボードを叩く手を動かし続けている。

「断りたいのはやまやまだけど。向こう、相当困ってるようだったしね」

「受けるのか？」

「仕方ないさ。ちょうど雨で山にも行けないし。ほかに断る理由がないから」

拓実はそう言って曖昧《あいまい》に笑った。
茂はもうそれ以上は尋ねず、「そうか」と短く答えただけだった。

4

菊池家から遠野農林の事務所に電話があってから約一時間後、花菜は会社の軽トラの助手席から窓の外を眺めていた。

といっても、雨でぬかるんだ山道は、いつも以上に激しく縦横に揺さぶられる。のんびり景色を眺めるどころではなく、体をあちこちにぶつけないように、しがみついているので精一杯だ。

ひとりで大丈夫だと言い張る拓実に、花菜を連れていくよう茂が命じたせいだ。

「花菜ちゃんはおまえのお目付け役だ。おまえをひとりにしておくと、いつなんどき暴走するかわからんからな」

案の定、拓実は反射的に「こいつを連れてったって何の役にも立たねえよ」と迷惑そうな顔で言い放ったが、茂の拳骨《げんこつ》を脳天にもらって、しぶしぶ引き下がったのだった。

「うわ、マジかよ」

まいったな、という雰囲気で運転席から声が上がる。車を止めて、拓実はぼりぼりと頭を掻いた。

「どうしたの？」

「橋が落ちてる」

「へ？」

予想外の台詞《せりふ》に、間抜けな声が漏れた。

「何、どういうこと？」

「見ろよあそこ。雨で流されたらしいな。電話でそんなこと言ってたんだけど、こういうことか」

拓実が指さす先、激しく行き来するワイパーの隙間に目を凝らすと、たっぷり水を吸って灰色に染まった木材の断片が見えた。その周囲の土がむき出しになっている。それらの向こうを、かなりの勢いで水が流れていた。人の歩幅くらいしかない小さな川だが、この雨で水量が増し、木製の橋を押し流してしまったらしい。

「ええーっ。ど、どうするの？」

「回り道するしかないな。あっちに仮の橋をつくってあるって、立て看板が出てる」

拓実はいたって冷静に、路肩に立っている看板を指さす。

けれど花菜はそれどころではない。大雨で橋が落ちるなんて場面に遭遇するのはもちろん初めてだったし、迂回路として提示されているのは、大きな鉄板が川の上に渡されているだけのしろものだったからだ。しかも、赤錆びた鉄板の表面は雨で濡れていて見るからに滑りそうだし、少々傾いてもいる。

「回り道って、もしかしてあれの上を渡るの……？」

おそるおそる尋ねると、「当たり前だ」という答えがしれっと返ってきた。

「別にこのくらい、よくあることだろ」

「よくないよ！」

少なくとも都内で暮らしている限りでは、こんな事態に出くわすことはそうそうない。昨今はゲリラ豪雨に降られることは多くなったが、それでも道路が巨大な水溜《たま》りと化して、膝から下がびしょびしょになるくらいが関《せき》の山《やま》だ。

けれど花菜のパニックなどどこ吹く風で、拓実は軽トラを発進させた。そろそろと鉄板の上にタイヤを乗せる。花菜は悲鳴を上げて、ドアにしがみついた。

「お、落ちないでよ！」

「だーれが運転手だと思ってるんだよ、おまえと一緒にすんな」

拓実は自信たっぷりにそう言うが、花菜はそれどころではない。せいぜい一メートルかそこらの幅の川を渡るのに、こんなに緊張したことはないだろう。車体が揺れるたび、情けない悲鳴を上げる。

目的の菊池家に着くころには、花菜は既にぐったりと疲れていた。

「いつまでへろへろしてんだよ、行くぞ」

反論する気にもならないまま、急かされて車を降りた花菜は、思わず手のひらで口と鼻を覆う。

目を刺すように強烈な臭気《しゅうき》が襲ってきたためだ。

「何、この臭い」

「これが電話してきた原因らしいな。まさかここまでとは思わなかったけど」

そう言う拓実も手の甲で鼻のあたりを押さえている。

菊池家はごく普通の民家だったが、周囲に漂うのは強い腐臭《ふしゅう》だった。魚が腐ったような生臭い匂いはなかなか強烈で、息苦しささえ感じるほどだ。

「この臭いがするようになったのは、何日か前からなんです」

花菜たちを出迎えたのは、菊池家の主人だった。

おそらく臭いを防ぐためだろう、マスクをしたその顔はつらそうだ。

事前に聞いた話では、小学校の中学年と、一歳になったばかりの子どもがいるということだったから、茂より相当若い男性を拓実も花菜も想像していた。しかしいざ会ってみると顔色が悪く、げっそり頬がこけている。顔に深い影が落ちているせいか、想像より十歳は老けこんで見えた。

「どうか、この臭いの発生源を探していただけないでしょうか。今は妻と子どもたちは市内の妻の実家に避難してもらっていますが、このままでは皆、体調を崩してしまいます」

花菜は菊池に同情した。

室内に入ってからはだいぶ薄まったものの、それでも臭いをまったく感じなくなったわけではない。体にまとわりついてくるような悪臭の中で暮らしていくのは、さぞかし苦痛だろう。こんな事態じゃなければ、花菜だってさっさと退散したいところだ。

「失礼ですが、これは動物の死体が腐ったような感じの臭いですよね。例えば、床下で野良猫が死んでいたりしないかとか……そういったことのプロの方に、相談してみたりはされたのですか？」

「もちろんです」

菊池はきっぱりと言いきった。

「真っ先に、市内の業者に依頼しました。丸一日かけて、それこそ天井裏から床下、庭の隅々まで見てもらったのですが、何も見つからず……結局その業者は念のためということで床下を消毒して帰っていったんです。でも、臭いはいっこうに消えませんでした」

言いながら菊池は肩を落としていく。

拓実は腕を組んで「うーん」と唸った。

「プロの業者さんでもそうなるとすると、おれなんかでお役に立てるようなことがあるかどうか、わからないんですが」

「それでも構いません。藁にもすがる思いなんです。よろしくお願いします」

「わかりました。ちょっと、お庭とか見せてください。さっき思ったのですが、臭いは家の中より外のほうがずっと強かったです。勘《かん》でしかないですが、何か原因があるとしたら、外のほうだと思います」

拓実の申し出を、菊池は快く受け入れた。

彼の言葉どおり、彼らにとって拓実は、最後にすがる藁なのだろう。

けれど花菜には、拓実の考えていることがまったくわからなかった。

拓実の『探し物が得意』だという特技についても具体的にどんなものかもわからないし、これまでどんな探し物の相談を受けてきたのかもわからないが、少なくとも拓実本人が言ったように、これはいわゆる普通の『探し物』とは違う気がした。

「ちょ、ちょっと。拓実くん」

先に立って外に向かう主人の後について外へ出ながら、花菜は拓実のブルゾンの袖を小さく引っ張った。

「何だよ」と言いたげな顔で、拓実が肩越しに花菜を見る。

「大丈夫なの？」

小声で囁く。つられて拓実も小声になった。

「何が？」

「だってこれ、どう見たってわたしたち、守備範囲外だよ」

「もともとおれに守備範囲なんてねえよ」

「どうかしましたか？」

菊池が不思議そうな顔で振り向く。花菜は慌てて首を振った。

「あっ、いえ、何でもありません」

「ぼけっとしてないで、行くぞ」

言い置いて、拓実はずんずん歩いていく。

守備範囲なんてないって、どういうことだろう。

拓実の言葉は、聞きようによってはひどく自信家のようにも受け取ることができる。

けれどももし本当に自信家だったら、依頼の電話を受けるたびに、いちいち動揺したりしないだろう。

それに、イシの件があったあとの拓実の態度も、花菜の中で引っかかっていた。

花菜が拓実の特技のことを知っていたことに、ひどく驚いた様子だった。思い返せば、伊能家の人々は拓実の特技の話になると、どこか腫れ物を触るように扱う。

そんな拓実や、伊能家の人々の様子はまるで、大きな角を持つ野生の動物のようだと花菜は思う。大きく張り出した角が邪魔で邪魔で仕方がないのに、それが欠けてしまうと自分ではなくなってしまうとでもいうようだ。

「この井戸は、ふだん使っているんですか？」

拓実の声で、物思いに没頭していた花菜は我に返った。

顔を上げると、菊池と拓実は、庭の一角にある古井戸の周りに集まっている。井戸にはトタンの切れ端で蓋がされ、さらにその上から人の頭ほどもある石が乗せてあった。

「いいえ。もうずっと昔に涸《か》れてしまって、落ちると危ないので蓋をしています」

「中を見せてもらってもいいですか？」

「はい。どうぞ」

菊池が重石を除けてトタンを外す。持参した懐中電灯を点けて、拓実は中を覗きこんだ。

「私たちも業者の方も、この井戸に野良猫か何かの動物が落ちて死んでいるんじゃないかと、真っ先に疑ったんです」

「底のほうに少し水が溜まっているみたいですが、死骸とかはないですね」

「はい。念のためその業者に掃除もしてもらったので、今は何もないはずです」

気になって近寄ると、拓実が顎をしゃくった。

「何だよ、おまえも見たいのか？」

咄嗟に花菜は返答に迷ったが、曖昧に頷いた。怖いもの見たさが手伝ったのと、拓実が最初に覗いたことで安心感があったので、好奇心が勝ったのだ。

井戸の縁に手をかけ、拓実が懐中電灯で照らす先をそっと覗きこむ。

けれど、中は暗くてよく見えなかった。

懐中電灯が作り出す丸い光の中に、拓実が言ったとおり、アスファルトのように暗くねっとりと澱《よど》んだ水面がわずかに見えるだけだ。もしここが悪臭の発生源なら、こうして身を乗り出せば臭いが強まるはずだが、その気配はまったくない。

「ここじゃないみたいね」

「そうだな」

「でも、家の周りだとここが一番怪しい感じだよね」

「まあな」

「あの……」

菊池がおずおずと切り出す。

不安げなその表情から、拓実と花菜の会話で、二人が捜索《そうさく》を断念しようとしているのかと思案しているのが読み取れた。

「ちょっと、他にもあちこち見せてもらっていいですか？」

その証拠に、拓実がそう言うと、菊池の表情がぱっと明るくなる。

菊池とのやり取りは拓実に任せて、花菜は敷地の中をぶらぶら散策することにした。

どうせ拓実の傍にいてもできることはないし、さっきのように口を滑らせて、主人を迂闊に不安がらせることは避けたかった。悔しいが、拓実はそういう立ちまわりは花菜よりも遥かにうまい。

雨はいつの間にかほとんど上がっていた。

菊池家の周囲は、ぐるりと田圃に囲まれている。若々しい緑色をした稲の苗が揺れる水面に、時折落ちてくる雨滴《うてき》が、小さく輪を描いていた。

田圃の周囲には、網の目のように水路が張り巡らされている。このところの大雨のせいか、水は泥で濁《にご》っており、草の葉やゴミがところどころに浮いていた。

花菜は砂利の敷かれた農道をぷらぷら歩く。少し家を離れると悪臭も弱まり、ほっとして深呼吸できた。こうなると、やはりこの臭いの原因は菊池家の周囲にあるのだろう。

ひとしきり周囲をぶらぶらした花菜は、菊池家へ戻ろうと方向転換する。農道の両脇には青々とした草が茂っていて、その表面では水滴が厚い雲の隙間からわずかに射しこんでくる陽光を反射して光っていた。

その草むらの中で、ちらりと何かが動くのが見えた。

何だろうと思って、身を屈める。そんな花菜の見つめる先でぴょこんと農道まで飛び出してきたのは、一匹のアマガエルだった。

「わっ。もう、びっくりさせないでよ」

花菜は女性にしては、両生類《りょうせいるい》や爬虫類《はちゅうるい》に強い――ほうだと自分では思っている。山で蛇やトカゲに遭遇しても、普通に驚きはするが、悲鳴を上げて飛びのくまでにはならない。代わりに虫はからきしだめで、毛虫なんかに遭遇したら、そりゃもうえらい騒ぎだ。

アマガエルが飛び跳ねて逃げて行く先を見送っていた花菜の耳に、ぴちゃりと濡れた音が響く。

また蛙かと思って音のしたほうを何気なく見遣った花菜は、凍りついた。

握り潰された果実のように生々しい、艶《あか》い色。

草の間から花菜の様子を窺《うかが》っていたのは、真っ赤な顔をした赤ん坊だった。

「ひ、っ」

咽喉の奥がおかしな音をたてた。

腐臭が強まる。

赤ん坊はずるりと草の向こうから這《は》い出してくる。

「か……あ……」

泣き声のような音が、肉の裂け目のような口から漏れるたびに、ごぼり、と水音がした。

眼窩《がんか》が顔の半分近くもありそうな目は、黒目が異様に大きく、蛙のようだ。

その顔も体も、まるで生皮を剥《は》がれたかのように艶く濡れて、一部は今にも腐り落ちてしまいそうに爛《ただ》れている。
木の葉の形の小さい手が、震えながら伸ばされた。
指の先は融けて、白い骨が露出している。
その手のぞっとするほどの冷たさを自分の足首に感じた瞬間、花菜は絶叫していた。

5

ただならぬ叫び声を聞いて、拓実たちが駆けつけたとき、そこにいたのは、両手で体を包み込んで震える花菜だけだった。

家の中に連れて帰られた当初の花菜は、とても落ち着いて話ができる状況ではなかった。

主人が淹れてくれた茶を少しずつ啜っているうちに、ようやく話ができるくらいまで落ち着きを取り戻してくる。

拓実が肩にかけてくれた遠野農林のロゴ入りブルゾンには、まだ彼の温度が残っていた。いつまでもあの冷たく濡れた手の感触は消えなかったが、拓実の温もりが今はひどく心強い。

涙ぐみながらも、花菜がつっかえつっかえ話した赤ん坊の話を聞くうちに、菊池の顔色が変わった。

「もしかして、こいつが見たものに覚えがあるんですか？」

遠慮のない拓実の問いに、主人は頷いた。

「このあたりでは、昔からたびたび幼い子どもが沼や水路で溺《おぼ》れる事故が起こっているんです。中には不幸にして亡くなってしまった子もいます。実は私も、子どものころに一度、溺れて死にかけたことがあります。そのときに、真っ赤な顔をした赤ん坊のようなものを見ました」

菊池の手も、小さく震えている。

「そのお話、詳しく聞かせていただいてもよろしいですか？」

「……はい」

僅《わず》かの逡巡《しゅんじゅん》のあと、菊池は再び頷いた。

「あれは、私がまだ学校に入学する前のことです。それはよく晴れた暑い日で、私は兄と近所の友人数人と一緒に、ここから少し上流にある小さな川で、水遊びをしていました。そこは普段でも、水深が子供の脹脛《ふくらはぎ》くらいまでしかなく、流れも緩やかで、私たちにとっては格好の遊び場だったんです」

窓の外から、雨音が囁く。

いっとき弱まっていた雨脚が、ぶり返してきたようだった。

「お互いに水をかけ合ったりして、夢中になって遊んでいたときのことです。私の足首を、不意にぬるりとしたものが撫でたのです。それは、何というか——海水浴に行ったとき、波打ち際で海藻《かいそう》が足にからんでくるようなことがあるでしょう。あんな感触でした。

驚いて足元を見ると、水の流れに乗って揺れる髪の毛が見えたんです。その髪の毛の間から、魚のような、蛙のような、とにかく大きな目が見えました。その顔は、まるで天狗《てんぐ》の面のような真っ赤な色をしていました。

子どものことですから、私はびっくりして大泣きしました。ですがその次の瞬間、おそろしいほどの力で水中に引きずりこまれたんです。落ち着いて立ち上がればなんてことはない浅い川のはずなのに、気が動転していたせいか、いくら両手両足をじたばたさせても、水から出られませんでした。私が助かったのは、ひとえに兄が異変に気づいて助けてくれたからです。もしあのとき、ひとりだったらと思うと、今でもぞっとします」

そこまでを一息に言い切って、菊池は大きく息を吐いた。

「あのとき水の中で見た赤ん坊の顔は、今も忘れられません。だから、お嬢さんの話を聞いたとき、背筋が凍るような思いでした」

相槌《あいづち》のひとつも打たずに、膝の上に肘を乗せた姿勢でじっと菊池の話に聞き入っていた拓実は、そこでようやく顔を上げた。

「ご主人の話を聞いて、周りの大人たちは何て言いましたか？　もしかして、それは『河童』だとか何とか、言われませんでしたか」

「えっ」

声を上げたのは花菜だった。

けれど拓実は花菜には視線を向けずに続けた。

「そうですよね？」

「はい。確かにそう言われました。『おめぇが行き会っだのは河童だ。だがらもう、あの川には行ぐな』と」

花菜はまだ理解が追いつかない。

河童というと頭の皿に水をたたえて、トカゲのような緑の顔と体、それに鳥のような嘴《くちばし》を持って、亀のような甲羅を背負った妖怪のイメージだった。それにたしか、手足には水かきがあったはず。

けれど、あのときに見たものは、それらのどれとも違っていた。紅葉のように絶く小さな手と、頭頂部から生えていた黒い髪は、むしろ人間に近いように見えた。

ぞくりと肌が粟《あわ》立って、花菜は無意識のうちに自分の体を包み込むように抱きしめる。

「遠野の河童は絶いんだよ」

花菜が何を考えているのか読んだように、拓実は言った。

「ここに来る途中、橋が落ちていましたよね。この夏の雨で流されたのだと、近くの看板に書いてありましたが」

「そうです。古い木製の橋だったので、脆《もろ》くなっていたんでしょう」

「これはおれの推測になりますが、おそらくこいつが見た河童は、ご主人が子どものころに見たものと、本質的には同じものです。あの河童はこの川の上流に、ずっと棲《す》んでいたのだと思います」

「は？」

「詳しいことはわかりませんが、河童が下流までやって来るのを阻《はば》むものがあったのでしょう。だから、その川にさえ踏み込みさえしなければ問題なかった。それが、この大雨で壊されたか、川の流れが変わるかしてしまった。結果、河童がこの家の近くまでやって来れるようになってしまったんではないかと思うんです」

「そんなことが……」

菊池は顔色をなくしたまま、呆然《ぼうぜん》としていた。

拓実は小さく嘆息すると、花菜の肩にかけていたブルゾンのポケットをごそごそと探り、何枚かの木片を取り出した。

「もしこの臭いの原因が本当に河童だとすると、おれの手には負えません。おれには物や人を探すことしかできないですから。できるだけ早く、こういうもののプロ……例えば、お坊さんとか、神主さんとか、拝み屋さんとか、そういう方たちに相談されたほうがいいと思います」

取り出した木片を、拓実はテーブルの上に並べる。

「気休めになるかどうかわかりませんが、これを差し上げます」

それは長さが五センチほどの人の形に切り抜かれた薄い木の板で、墨で文字のようなものが書いてあったが、花菜には読めなかった。

「これは以前、おれが信頼する修験者の方から分けていただいた、お守りのようなものです。これを玄関や勝手口の近くの地面に刺しておいてください。災いが家の中まで入ってこられないように。気分だけでもだいぶ違うはずです」

「ま、待ってください、伊能さん。まさかこのまま帰ってしまうつもりじゃ――」

呆然としていた菊池も、さすがに拓実が言わんとしていることを悟ったのだろう。ひどく慌てた様子で立ち上がった。

だが、拓実はそんな菊池には構わずに席を立った。

菊池と拓実の顔を交互に見ながら、つられて花菜も立つ。無意識に花菜は拓実の袖にすがっていた。

「お願いだ伊能さん。君だけが頼りなんだよ。そ、そうだ、せめてそのお札をつくった人を紹介してくれないか。信頼できるプロなんだろう？」

菊池も必死だ。でもそれも無理はない。

単なる悪臭だと思っていたら、こんな怪異《かいい》が裏に潜んでいたなんて知ったら、大の男だろうがたったひとりで取り残されたくはないだろう。

拓実を帰らせまいとするかのように追いすがる菊池から庇うように、拓実は花菜をぐいっと自分の背中のほうに押しやった。

「残念ですが、それも無理なんです。この札を作った修験者はいわゆる山伏で、修行のために山々を放浪しているので、一箇所にとどまっているわけではありません。だからおれにも、あのひとが今どこにいるかはわからないんです。山伏の護法《ごほう》とかいうもので普段は身を隠しているので、こちらから探すこともできません」

それでもなお菊池はしぶったが、拓実は花菜を急かして逃げるように家を出た。

バックミラー越しに、途方に暮れたように玄関先に佇《たたず》む菊池の姿が見えて後ろ髪を引かれたが、拓実は前だけを向いて軽トラのアクセルを踏みこんだ。

「悪かったな。こんなのに巻き込んで」

急ごしらえの鉄板橋を渡りきった辺りで、それまで口を噤んでいた拓実が、まるでひとりごとのようにぽつりと言った。

「そんな、巻き込むだなんて……」

「もうおまえ、おれに付き合わなくていいぞ」

「えっ」

それがまるで自分を突き放しているように感じて、花菜は短く声を上げた。

もしかして、あんなものを見て取り乱してしまったせいで、拓実を怒らせてしまっただろうか。

そんな不安にかられながら、ハンドルを握る拓実を覗き見る。

けれど拓実は落ち着いた表情で、前を向いたままだ。

「親父やばあちゃんが、またおまえに何か頼むかもしれないけど、あとで言っとくから心配するな。親父たちはおれが『探し物』の依頼を受けるときに一緒に行ったことないから、よくわかんないんだよ。ときどきはこういうこともあるっての、別に隠してたとかじゃないから。親父たちを恨まないでやってくれな」

その言葉を聞いて、ようやく花菜にも拓実が何を言い出したのか飲みこめてきた。

花菜が拓実に同行したのは前回も今回も自分の意思ではない。

そのためにこんなトラウマになりそうな体験をしたせいで、茂たちを嫌うのではないかと案じているのだ。

「恨んだりなんて、そんなことないよ。ただちょっとびっくりしただけで。よく考えたらここは遠野だもんね、不思議なことのひとつやふたつ、普通にあるよね」

するりと口からこぼれた言葉は、本心だった。怖さがなかったかといえば嘘になるが、とにかく驚いたというのが正直なところだった。

「そっか。……ありがとな」

おそらく無意識にだろうが、拓実はふっと表情をゆるめる。

それが思いのほか花菜の胸に深く刺さった。

咽喉の奥がじんと熱くなって、涙がにじみそうになる。

拓実からこんなに率直な感謝の言葉がもらえたことは、初めてだった。それだけに、この件で一番傷ついているのは拓実なのだと花菜にはわかってしまったのだ。

いつもあんなにつっけんどんな物言いしかしないくせに。

ふてぶてしい表情しか見せたことがないくせに。

そのくせ、取引先や家族以外には、非の打ち所のない営業スマイルを炸裂《さくれつ》させることくらい、余裕でやれるくせに。

まるで幼い子どものように頼りなく——どこか、泣きそうにも聞こえる声で謝るなんて反則だ。

「おれだって、ああいうものを自分で何とかできるだけの知識とかスキルがあるんなら、とっくに何とかしてるさ。だけどおれにはそんなものはない。おれは所詮《しょせん》、ちょっと探し物が得意なだけの林業屋だからな。分《ぶ》を弁《わきま》えない行動はしないことにしてるんだ。弁えないバカだったせいで、昔さんざん痛い目見たからな」

もしかしたら、これまでもずっと拓実は、ひとりでこんな思いを抱えてきたのだろうか。

さきほどの口ぶりからして、拓実が『探し物』の相談を受けるときには、いつもひとりで行っていたことが窺《うかが》えた。

そして、あらかじめ準備していたかのように修験者のお札を出したあたりからも、こうした怪異に遭遇するのは少なくとも初めてではないことが想像できた。

全員が全員、ゴンゲサマを探してほしいと頼んだイシのような依頼主ばかりではないだろう。中には拓実に八つ当たりする者もいただろうし、今回のように手に余る依頼だったこともあるだろう。

去り際の拓実の冷淡にも見える態度は、きっとそうした体験の積み重ねがさせたのだ。

それがつらいのなら、もう相談なんて受けなければいいのに、また同じような話が来たら、拓実は受けてしまうのだろう。

そしてまた、何もできなかった自分を責めて、ひとりで傷つくのだろう。

思い返せば、イシの件があった後も、拓実はしばらく元気がなかった。

そんなことを考えていたら、一度は我慢できたはずの涙がまたこぼれそうになって、花菜はきつく唇を噛んでごまかした。

「わたしこそ、ごめん」

「おまえは謝んな。別におまえが何かしたわけじゃない」

そっぽを向いたまま、ぽんと頭に手が置かれた。

その手のひらの温かさが、触れたところからじんわりしみてくる。

軽トラの薄いシートを通じて伝わってくる振動は、行きのときよりも小さく、拓実が気遣って運転してくれているのがわかった。

「言っただろ、あれはおれたちの手に負えるものじゃない。おれは探し物を頼まれただけだ。だからおれは、その範疇《はんちゅう》でできる限りのことをした。ここから先はおれたちの仕事じゃない」

まるで自分に言い聞かせるような拓実の言葉は、花菜が思っていることとは噛み合っていなかったけれど、花菜は訂正しなかった。

「……ごめんね」

他には言葉が見つからない。

「だから謝んなって。おまえのせいじゃねえよ」

その声は、それまで花菜が聞いた中でもっともやさしい声だった。

「うん。わかった」

花菜がそう言うと、拓実も気分が晴れたのか、いつもの尊大な口調に戻る。

「おまえにとっちゃあんまり気持ちいい話じゃないだろうけど、サービスでひとつだけ教えておいてやるよ。今後の教訓にな」

「何？」

「遠野の河童のこと。さっき少し話しただろ」

——遠野の河童は艳いんだよ。

瞬間、濡れた肉色の赤子の顔がよみがえる。

思わず口元を手で覆うと、拓実はわしわしと花菜の頭を撫でた。

「思い出させて悪いな。別におまえを怖がらせようと思ってるわけじゃないんだ。けど、たぶん菊池さんは、近いうちにまたうちに連絡してくると思う。そのとき、おれが家にいたらいいけど、万が一出かけてたりしたら、あの人はおまえにつないでくれと言うかもしれない。そのとき、親父やばあちゃんに頼まれたら、おまえ断れないだろ？」

拓実の言うことはもっともだった。

もしそうなったら、きっと花菜は頼みを聞かざるを得ないだろう。

「だから、今からちょっと荒療治《あらりょうじ》するぞ」

「あ、荒療治？」

「そう。おれがこれから言うことを聞いたら、おまえ、いくら親父たちの頼みでも絶対に受けないと思うから」

思わず花菜は身構える。

拓実がどんなことを言い出すのか、正直言ってひどく怖かった。

けれど、ここで逃げてはいけないような気もしていた。

拓実は今、花菜と真摯に向き合ってくれている。だから逃げちゃいけない。もしここで投げ出したら、二度と同じ機会は訪れないだろう。きのうまでの花菜だったら、それで全然惜しくなかったはずだ。でも今の花菜には、それができなかった。

「昔、遠野ではよく河童の子どもが産まれたそうだ」

「河童の子ども？」

拓実はハンドルを握ったままで、ちらりと目の端で花菜をとらえた。

「遠野の河童は、人間の女性を襲う。そうして生まれた赤ん坊は、娘の親や村の人間たちによって殺されたのさ。切り刻まれてな」

背筋が冷えた。花菜の顔色が変わったのだろう。拓実のまなざしがわずかに揺らいだ。

おそるおそる尋ねる。

「……生まれたのは、ホントに河童の子どもだったの？」

「人間の子どもだった可能性もまったくないわけじゃない。間引《まび》きや口減《くちべ》らしなどさまざまな理由でもって、生まれたばかりの子どもが殺されることは、ほんの少し前まで遠野に限らず全国いたるところであった話だ。遠野物語の中にも、生まれたばかりの河童の子供を辻に捨てようとした村人の話がある。見世物《みせもの》にしたら儲《もう》かるのではと思いとどまり、赤子を捨てた場所に戻ったが、もう既に赤子はいなかった、ってやつだ」

拓実は苦く笑った。

「おまえが見たのが、河童だったのかそうじゃないのか、実のところはおれにもよくわかってない。でもおれが、あれはおれたちの手に負えるものじゃないって言った意味はわかっただろ」

花菜はおずおず頷く。

「自分の手に余るものまで引き受けて何とかしてあげようなんて、思い上がりでしかない。そうでなきゃ自己満足だ。だから、ああいうのはおれみたいな素人が下手に手を出すより、プロにまかせたほうがいいんだ」

「例えば、あのお札をくれたって人みたいに?」

「そうだな。あの山伏は、おれにいろいろ教えてくれた。自分の特技にふりまわされず、うまいこと生かすやり方とか、手に負えるものと負えないものとを、見極めるコツとかな」

「あっ。それって、もしかして、千葉さんのペンションに泊まってたって人のこと?」

拓実はわずかに目を見開いた。

「どうしておまえが知ってるんだ? って、ああ。まがりやのオーナーに聞いたのか」

「うん。千葉さんは、昔あそこに泊まった不思議な山伏さんが、木彫りの座敷童子を彫って置いていったって言ってた」

「あの山伏がおれに声をかけてきたのは、単なる気まぐれだったのかもしれない。でも、あの晩いろいろ教えてくれたおかげで、おれは少しだけ楽になった」

軽トラの速度が落ちる。曲がりくねった山道を抜けると、木々の切れ間から伊能家の石垣と萱葺きの屋根が見えてきた。

まるでそれが合図だったかのように拓実は口を閉じて、アクセルを強く踏みこんだ。

6

あれだけ拓実が言ったのだから、菊池家は怪異のプロに頼むはずだ。そうしたらこの件はきっと解決するだろう。　花菜は内心ではそう思っていた。

しかし、その予想は思ったよりも早く裏切られた。

山仕事で普段から朝が早い伊能家の夕食も早い。いつも午後五時半には食べ終えている。

食後、居間で一家でテレビを見ていたときに、玄関先でけたたましく黒電話が鳴った。

出口に近いところにいた拓実と茂が腰を浮かせかけたが、ちょうど風呂上りで廊下《ろうか》を歩いていた美里が、ぱたぱたとスリッパの足音を響かせて玄関先に向かう。

「はい、もしもし。伊能です」

座りなおした拓実に、玄関先から声が飛んだ。

「お兄ちゃーん、電話。菊池さんって方から」

花菜はどきりとした。

このタイミングで電話をしてきそうな菊池といったら、昼間訪れた菊池しか思い浮かばない。

茂や花菜が言葉を発する前に、拓実は立ち上がって玄関先に向かっていた。

盗み聞きはいけないと思うが、気になるものは仕方がない。

居間から身を乗り出して玄関先を覗きこむ花菜を、拓実と入れ違いに居間に入ってきた美里が、タオルで髪の水気を拭きながら怪訝そうな顔で見下ろした。

「何やってんの、花菜ちゃん？」

「う、うん。ちょっと気になっちゃって」

そこに拓実の言葉が重なった。

「はい、はい。わかりました。すぐに行きます」

えっと思って花菜が拓実のほうを見たとき、拓実はもう電話を切っていた。

そのまま電話の横のフックにかかっている軽トラの鍵を取って、脱ぎ散らかしたままだったスニーカーに足を突っこむ。

「お兄ちゃん出かけるの？　今から？」

「ああ、ちょっと出てくる。すぐに戻るから」

どこに、なんて聞かずとも行き先はわかっていた。

深く考える前に、花菜は駆け出していた。

「拓実くん待って！　わたしも行く！」

「はあ？」

まさかそうくるとは思っていなかったのだろう。拓実が上げた声は抗議というより純粋な驚きのそれだった。

「おまえは来んな。どこに行くかわかってんのか」

「わかってるよ！　だから行くの。だってわたし、拓実くんのお目付け役だからね」

「おまえなあ……昼間に懲《こ》りただろ」

そんな押し問答をしているうちに、いつの間にか茂が上がり框に立っていた。

「外は雨だし、もう夜だぞ。何の用事か知らないが、明日にできないのか」

「急ぎなんだ。明日まで待っていられない」

「だったらせめて、何があったかくらい話しなさい」

茂の口調はあくまで穏やかだったが、有無をいわせぬ迫力があった。

拓実はいっとき口ごもったが、観念したように言った。

「昼間行った菊池さんのところの娘さんが――行方不明になったんだ」

「ええっ」

声を上げたのは花菜だ。

「だって、娘さんたちはお母さんの実家にいたんじゃ……」

「ご主人は、檀家《だんか》になっている寺の住職に相談に行ったんだそうだ。けれど、それで家を空けている間に奥さんと上の娘さんが着替えを取りに家に戻ってきてしまったんだ。で、奥さんが洗濯したり着替えを詰めたりしていて、ふと気づいたらその子がいなくなっていたって――」

茂が表情を曇らせる。

拓実は構わずに続けた。

「奥さんは、てっきり家の中か庭のどこかで遊んでいるものと思って作業を続けたそうだけど、外が暗くなってきてからようやく娘を捜し始めた。でも、いくら探しても呼んでも返事がない。それでようやく、娘の身に何かが起こったことに気づいたんだ。ちょうどそこにご主人が帰ってきて、騒ぎになったってわけ」

花菜は息を飲んだ。

一番考えたくない想像が、頭の中を駆け巡る。

「乗りかかった船だ。おれに何ができるってわけじゃないけど、様子を見に行ってくる」

「あ、こら。待ちなさい、拓実！」

茂の声を背中に浴びながら、拓実は夕闇に包まれつつあった庭へ駆け出す。花菜もそのあとを追った。

拓実と花菜が菊池家に辿り着いたとき、菊池家には既に警察の車両も到着していた。菊池ともうひとり、同じくらいの年代の女性が警官と話をしていた。おそらく菊池の夫人なのだろう。

菊池は、駆けつけた拓実の顔を見るなり、ずぶ濡れの顔をくしゃくしゃに歪《ゆが》ませた。

「伊能さん、娘が――うちの娘が」

「落ち着いてください、菊池さん」

主人を宥める拓実の顔を、雨合羽姿の警官はしげしげと見つめた。

「君はたしか……」

拓実はぺこりと頭を下げる。

「お久しぶりです。伊能拓実です」

「伊能……ああ、やっぱり。あの拓実くんか」

警官が目を見開く。そして拓実の肩をばんばんと叩いた。

「いやあ、でかくなったなあ。見違えたよ。一瞬、わからなかった」

大きな手で背中を叩かれて、ちょっと顔をしかめつつも、拓実はまた頭を下げる。

「前にお世話になったときは高校生でしたけど、今はもう社会人ですからね」

「いやいや、立派になったもんだ。……で、君がここにいるとなると、もしかして」

警官はちらりと菊池の顔を見る。拓実は頷いた。

「ええ、昼間に菊池さんから『探し物』のお電話をいただいて、お話をお聞きしたところだったんです」

「なるほど、そういうことだったのか」

菊池と花菜は二人の話についていけない。傘の下で拓実のブルゾンの裾を控えめに引っ張った。

「……拓実くん、お巡りさんと知り合いなの？」

「ああ」

そこでようやく花菜の存在を思い出したかのように、拓実は頷いた。

「おれは昔から、『探し物』とか『人捜し』の相談を受けることが多かったからな」

全部は言わずとも、花菜にも何となく察しがついた。

相談ごとを引き受けているうちに、こういう事態に巻き込まれることが、過去に少なからずあったのだろう。

「さっき菊池さんにお電話いただいて、だいたいのことはお聞きしました。娘さんは、見つかったのですか？」

警官は首を横に振る。

「伊能さん！　どうか、お願いです！」

警官の言葉を遮って、夫人が壮絶な表情で拓実の腕に縋りついた。目は赤く充血し、濡れた髪は波打って頬に張り付いている。

「伊能さんは人を捜すのも得意なんでしょ。あの子を見つけてください！　お願い！」

「こ、こらおまえ、落ち着きなさい」

妻の剣幕《けんまく》に慌てて菊池が宥めようとするが、拓実の腕にがっちり食い込んだ指は離れなかった。

「これが落ち着いていられますか！　こうしている間にも、あの子は怖い思いをしているかもしれないのよ。もし昼間にあなたがもっと親身になって話を聞いていてくれたら、こんなことにはならなかったかもしれないのに！　あなたのせいよ！」

取り乱す夫人は、主人と警官たちに宥められながら家のほうに連れて行かれる。拓実の腕を掴《つか》む指の強さは相当なもので、引き剥がすのに警官たちも苦労していたようだった。

その間、拓実は一言も反論せずに、ただ黙って俯いて、夫人の言葉を全身に浴びていた。

「奥さんは気が立ってるんだ、本気で言ったんじゃない」

ひとり残った警官が、拓実の肩に手を置く。

拓実は顔を上げずに、ゆるゆると首を横に振った。

「ここは我々に任せて、君たちは帰りなさい」

ぽんと肩を叩いて、警官は去って行った。

拓実は何も言わず、ただその場に立ち尽くして、警官の後姿を見送っていた。

そんな拓実の背に、何と声をかけたらいいのか花菜はわからなかった。おずおず手を伸ばし、ブルゾンの袖をそっと掴む。

けれどそれを、拓実は強い力で振り払った。

「おまえ、車に戻ってろ」

「やだ」

間髪《かんぱつ》入れずに否定する。思ったよりも強い声が出た。

案の定、ぎろりと睨まれる。

「おまえがいても何の役にも立たねえよ。またおかしなもの見たって騒がれちゃ迷惑だ」

拓実の言葉は、斬《き》りつけるように鋭い。

傷ついた胸が血を流して痛んだが、花菜は唇を噛んできっと拓実の顔を見据えた。

『おまえのせいじゃねえよ』

そう言って頭を撫でられたのはほんの数時間前だ。

やさしい言葉、穏やかな表情と、大きな手のあたたかさ。あれが本当の拓実だと思いたかった。

「そりゃ、役には立たないかもしれないけど。拓実くんひとりにしておけないよ」

「お目付け役の話なら気にすんな。車に戻ってろ」

「やだ。わたしも拓実くんと一緒に行――」

「来るな！」

怒鳴ってしまってから、花菜の表情が怯えに変わっていることに気づいたのだろう。拓実は背を向けた。

「……悪い」

それだけを投げつけるように言い残して、拓実はどこかへと消えていった。

今の顔を誰にも見られたくなくて、花菜は鍵をかけていなかった軽トラの中に駆けこんだ。傘を足元に投げ出して、ブルゾンを頭から被る。

涙がこぼれて、頬を流れた。

何もできない自分が悔しい。いつも拓実や周りの人たちに助けてもらうばかりの自分に腹が立った。それに何より、拓実に突き放されたことがこたえた。

膝を抱えて洟《はな》を啜り上げたときだった。

リイン――――……

花菜はかすかに鈴の音を聞いた。

最初、空耳かと思ったが、耳を澄ますと、それはまた聞こえた。

弾かれたようにドアを開けて外に出る。

周囲は警察車両の赤色灯《せきしょくとう》で目にも騒がしい。おそらくまだ菊池家の娘は見つかっていないのだろう。

とっぷりと陽は暮れて、家の周囲の田圃も農道も真っ暗だった。

その闇の中に、ぽつりと一輪の淡い色の花が咲いている――ように花菜には見えた。

何だろうと思ってじっと目を凝らすと、それは花ではなかった。淡いピンクのセーターを着た少女だった。

花菜は思わずあっと声を上げかけた。その少女に見覚えがあった。ひめと名乗った、ペンションまがりやにいたあの少女だ。

ひめは今にも泣き出しそうな顔で、すっと腕を上げる。

その指先は、闇の中のある一点を指し示していた。

胸の中がざわめく。

もしかして……！

花菜は恐怖も忘れて駆け出していた。

菊池家の周りの水路や草むらを捜索している人々の間をすり抜けて、雨の中を走る。

ピンクのセーターの少女は、ずっと同じ場所にいて、相変わらず一点を指していた。

「拓実くーん！　どこにいるのーーーー！」

足元は暗く外灯もない。それでも花菜は、ひめの指す先を目指して一点に突き進んだ。

雨が目に入って痛い。顔を流れる水を手の甲で拭ったとき、何の前触れもなく、がぼっと音を立てて体が水に沈んだ。

「きゃっ！」

どうやら農道脇の水路に落ちたらしい。

落ち着いて立てば問題ない水深だと、昼間見て頭ではわかっているのに、気が動転していてやみくもにもがいた。

必死に伸ばした手が、何か硬いものに当たる。

それは灯りのついたままの懐中電灯だった。

夢中で拾い上げる。

その灯りの照らしているほうに、見覚えのある布地が見えた。遠野農林の青いブルゾンだ。

「拓実くん！」

叫んで伸ばした手が、不意に何かに掴まれた。

驚きで息が止まる。

反射的にそれを振り払わなかったのは、ほとんど本能に近い。

げほっ、と咳きこむのが聞こえた。

花菜の腕を掴むその手に、ぐっと力がこもる。

「拓実くん！」

滑る水底に懸命に足を踏ん張る。水路の縁は土が剥き出しで、ずるずると滑ったが、それでも渾身《こんしん》の力を込めて花菜は自分の体を引き上げた。

茂みを押しのけて、農道にどさっと倒れこむ。

砂利の上に転がった体はあちこちが鋭く痛んだが、そんなことは気にならなかった。

「う、うわあああーん」

いきなり、火のついたような泣き声が上がった。

泣き声は拓実の腕の中から響いている。拓実の胸にしっかりとしがみついて嗚咽を漏らしているのは、頭からぐっしょり濡れた少女だった。

花菜はハッとした。

「もしかしてその子……、菊池さんの娘さん？」

拓実は話す余裕もないのか、苦しげな顔で何度も頷く。

「そっか。見つかってよかったね。大丈夫。もう大丈夫だから」

花菜が頭を撫でてやるが、少女はよほど怖かったのか、拓実にしがみついたまま、一向に泣きやむ様子はない。

そんなことより、どうしておまえがここにいるんだ。

苦しそうに咳きこみながら、花菜を見つめる拓実の表情がそう尋ねていた。だが、説明は後回しだった。

もっとも、花菜が見たものをそのまま説明しても拓実が信じてくれるかどうかはわからなかったが。

辛抱強く花菜が宥めると、次第に少女は落ち着きを取り戻してきたのか、今度はいきなり花菜に飛びついてくる。その反動で花菜はあやうく後ろに倒れそうになったが、すんでのところで抱きとめた。

ようやく身が軽くなった拓実は、水路の縁の草の上に足をかけて上がろうとする。

その体がずるり、と滑った。

「うわっ」

どぶん、と水音を上げて、拓実は泥で濁りきった水の中へ再び消えた。

「拓実くん!」

花菜が上げた叫びは、ほとんど悲鳴に近かった。

拓実を助けに向かおうとしたが、ぐずる少女がしっかりしがみついていて、身動きが取れない。

「ごめん、ちょっとだけ離して。お願いだから」

ばしゃばしゃと水音を上げて、茂みの向こうの暗い水面に、拓実の頭が浮き沈みしている。

水中から伸びる絶く細い幾本もの手が、拓実の肩や頭を押さえつけ、水の中へと引きずりこんでいた。

「やだ！　拓実くん、拓実くーん！」

リン――――、と雨を散らすような鈴の音が響く。

びくりと艶い手は動きを止めた。

その隙に、花菜は拓実を渾身の力で引き上げた。火事場の何とやらというのはこのことなのか。

少女にしがみつかれたままでそんなことができた自分が不思議だった。

汚れた水を飲んでしまったのか、拓実は激しく咳きこんでいる。その背をさすってやりながら、
花菜は水路のほうを振り返った。

藻のような黒髪の隙間で、蛙のような目がせわしなく動いている。

その目が見つめる先を――ひた、ひた、と何かが歩いてくる。

闇の中に浮かび上がる華奢な白い足は、水面の上に浮いていた。

それは、淡いピンクのセーターを着たあの少女だった。

「ひめちゃん……」

呆然と見上げる花菜と拓実の近くまで来ると、ひめはにっこり笑った。

艶い河童たちは拓実から離れ、水面から目だけを出して遠巻きにおかっぱの少女を見ている。

ひめは笑顔のまま、赤いスカートのポケットを探った。そこから彼女が取り出したのは、ドン
グリでできた幾つかの独楽《こま》だった。

それを河童たちに見せながら、ひめは言った。

「いいものあげるから、おねえちゃんと遊ぼう。ね？」

ひめがそう言うと、ドングリの独楽たちはまるで生き物のようにぴょこんと立ち、手のひらや水面でくるくると回りだす。河童たちの視線はその動きに釘付けになった。

ひめは河童たちのもとに屈み、やさしく頭を撫でる。

手が伸ばされた瞬間、びくりと怯えたように引いたが、頭を撫でられているうちに、濡れた肉色の顔も、ぎょろりとした目もみるみるうちに変わり、かわいらしい人間の子どもそのものになった。

ひめは微笑《ほほえ》んだまま、両手を広げる。

「ずっと寂しかったんだよね。一緒に遊んでほしかったんだよね？　ここよりもっと楽しいところにおねえちゃんが連れていってあげる。だから、おねえちゃんと一緒に行こ？」

赤子たちはそろそろと紅葉のような手を伸ばし、ひめの手に重ねる。その手をひめがやさしく握りかえすと、赤子たちの顔にこぼれそうな笑顔が溢れた。

その間ずっと、花菜も拓実も何も言えなかった。

子どもたちと手をつないだまま、ひめはちらっと花菜を見て微笑みかけた。

次にひめは、拓実に視線を移す。

拓実の方を振り返ると、拓実は信じられないという顔をして、ひめを見ていた。

ひめはそんな拓実にもやさしく笑いかける。

そして、くるりと背を向けた。

「ま、待ってくれ！　ね――」

行ってしまう少女の背に、拓実は必死の表情で叫んだ。

けれど、咽喉の奥に声がからんだのか、最後まで音にならない。

「姉ちゃん！」

振り絞るようにして、ようやく出た声は掠れていた。

だが、既にそのときは少女の姿はそこにはなく、暗い水面に、ひとつだけ残ったドングリがぽつんと浮いていた。

姉ちゃん……と口の中で呟きながら、少女の消えた先をいつまでも見つめている拓実の背中が、置いていかないでと泣く幼子《おさなご》のように見えた。

7

菊池家の家族を苦しめていた異臭は、一夜にして嘘のように消えた。

結局、菊池家の娘はかすり傷だけですみ、両親はあれだけ拓実を責めたことなど忘れたように、後日菓子折りを持参して礼を言いにやって来た。

拓実は相変わらず精力的に仕事をこなしていたし、普通に家族とも話していた。

けれど花菜は気づいていた。

それまではほとんど吸わなかった煙草を咥《くわ》えていることが多くなったし、食欲も落ちたのか、頬が少しこけて顔に影が差すようになった。事務所の窓枠にもたれ、遠野の青々とした山をぼんやり眺めていることが増えた。

「拓実くん、ちょっといい？」

ある晩、灯りもつけずに縁側に寝転んでぼうっとしている拓実に、花菜は思いきって話しかけた。

拓実はちらっと花菜を見たが、それだけで何も答えない。満月になりかけの明るい月が、その横顔を照らしている。どこかで虫の鳴く涼やかな声が聞こえていた。

以前の花菜であれば、ここで「ちょっと、無視しないでよ」と怒っていたところだったが、今はもうわかっていた。拓実の場合、無視は許容と同義なのだ。

花菜は拓実の横にすとんと腰を下ろす。

一瞬ためらいがあったが、思いきって口に出した。

「あのときさ、拓実くん、あの女の子を『お姉ちゃん』って呼んだよね」

拓実はやはり答えない。ぼんやりと月を見ている。

「あれから拓実くん、ずっと元気ない。もしかしてあのとき見た女の子と、拓実くんがいろんな『相談』を受けてることと、何か関係あるの？」

拓実はそれでも花菜のほうを見ずに煙を燻《くゆ》らせていた。

花菜は辛抱強く待ったが、返ってきた言葉はつっけんどんだった。

「興味本位だったら、おれじゃなくて親父やばあちゃんにきけよ」

これには花菜もむっとした。

「そりゃ、まったく興味がないって言ったら嘘になっちゃうけど……でも、あれから拓実くん、変だよ。きっとおうちのみんなも心配してる。わたしも心配だよ。山仕事は体調も精神も万全の状態で臨まないと大ケガするぜって言ったの、拓実くんじゃない」

さすがにそろそろ怒るかなと思ったけど、そうではなかった。

意外にも拓実は驚いたように目を瞠ったあとで、かすかに口元をゆるめたのだった。

「はは、そうだな。確かにおまえの言うとおりだ」

拓実はむくりと上体を起こして、すっかり短くなった煙草を灰皿に押しつけた。

「うちには、おれと美里のほかに、もう一人きょうだいがいる。名前は実乃里《みのり》。おれの双子の姉だ。実乃里は今から二十年くらい前、おれたちが七歳のときに神隠しに遭った。それからずっと、行方がわからないんだ」

自分で尋ねておきながら、拓実が話してくれたことに花菜は驚いていた。そしてその内容にも。

「もしかして、初めて聞いたのか？」

花菜はぶんぶんと首を縦に振った。

「そっか。おれ、てっきり親父かばあちゃんあたりが、おまえにはとっくに教えてるんじゃないかと思ってたんだけどな」

「そんなことないよ。だってこのこと、きっと拓実くんにとってはとっても大事なことなんでしょ？　だったら社長さんやおばあちゃんも、勝手にぺらぺらしゃべったりしないもん」

すると、拓実は再び面食《めんく》らったように目を見開いた。

「……まいったな。他人からそんなふうに言われるなんてな」

ざっくり胸が痛んだ。

やばい。泣きそう。

確かに自分は伊能家の人間じゃないけど、本当の家族のように過ごしてきたし、第二の家族だと思っている。

なのに、改めてそんなふうに言われると、少なくとも自分は拓実にまだ受け入れられていないのだ、という事実を突きつけられたようで悲しかった。

それが顔に出ていたのか、拓実は焦った。

「あっ、違う、違う。今のはそういう意味じゃねえぞ」

「じゃあ、どういう意味よ」

ぎろっと音がしそうなくらい、目に力をこめて睨む。

「だから、おれよりおまえのほうが親父やばあちゃんたちのことを信頼してるんだな、って思ったんだよ。生まれたときからずっと一緒に暮らしてきた家族なのに。そんなの情けねえだろ？」

「情けなくなんかないよ。わたしだって、落ち込んだり拗ねてたりするときって素直になれなくて、家族の言うことをいちいち疑ったり、当たりがきつくなったりすることあるもん」

「おれより、おまえのほうがよっぽど大人だな」

拓実はひとりごとのように呟いて頭をがしがし掻くと、立てた片膝に顎を乗せた。

「神隠しに遭ったのは……姉貴だけじゃない。おれも小さいころ、神隠しに遭ったことがあるんだ」

「えっ」

「姉貴がいなくなったのは、二回目の神隠しなんだ。行方不明になる一、二年くらい前、おれと姉貴は二人で最初の神隠しに遭ってるんだよ。美里のやつはまだ赤ん坊だったから、何も覚えてないんだろうな」

虫の声が、遠ざかったような気がした。

「遠野では古くから、山の神に出会った子どもには山の神の力が宿ると伝えられてきた。山の神は子どもと遊ぶのが好きで、子どもが神隠しに遭って俗世《ぞくせ》からいなくなるのは、山の神に呼ばれたってことだからだ。だから神隠しから帰ってきた子どもの中には、不思議な力を使えるようになる者が少なくない。そういうやつは昔から、占いやまじないみたいなことをやったり相談ごとを聞いたりして、村の役に立ってきたんだそうだ」

拓実の言い方は、まるでそうすることが、遠野に住む人々の生き方だと——人々の相談を受けるのが、自分の義務だとでもいうようだ。

「不思議な力って？　拓実くんが『特技』って言ってるのもそれなの？」

「力っていってもそんな大げさなものじゃない。なくしたものの在り処《あか》が何となくわかったり、探している人の居場所をぼんやり感じたり、それくらいのことだ」

拓実は何でもないことのように言うが、それでも花菜にとっては十分な驚きだった。と同時に、イシや菊池がどうして拓実を頼ってきたのか、すとんと胸に落ちた。

「別に看板掲げて募集してるわけじゃないんだけどな。みんな噂か何かでおれの話を聞きつけて、藁にもすがる思いで連絡してくるんだよ。まあ、なかには冷やかしか興味本位かみたいな連中もいないわけじゃないけど、そういうのはちょっと話せばすぐにわかるから、無視することにしてる」

「拓実くんには、本気で何かを探している人と、そうでない人の区別がつくの？」

「まあな。単なる勘みたいなもんだけどな」

拓実は肩をすくめた。

「そもそも、おれのこの特技も勘みたいなもので、どこぞの名探偵みたいに推理したり証拠集めたりして考えてるわけじゃねえからな。神隠しから戻ってきたら、ある日突然できるようになってたんだ。仕組みなんかわからねえよ」

拓実は立てていた片膝を下ろして、胡坐をかいた。

「さて、じゃあそろそろこっちの番だ」

どきっとして、反射的に花菜は身を引く。

「え？　な、何？」

「あのときおまえ、あいつに向かって何とかちゃんって名前呼んでたよな。あいつのこと知ってたのか？」

花菜は答えに詰まった。

この流れで拓実があいつと呼ぶ者は、たぶんひとりしかいない。

すると、それを肯定ととらえたのか、拓実は続けた。

「いきなり現れて、河童たちをどこかへ連れてったあいつはおれの姉貴だ。間違いない。服装も髪型も顔も、いなくなったときの姿のままだったからな。……おまえ、あいつがおれの姉貴だって知ってたのか？」

花菜は首を横に振った。

「ううん。あのとき、拓実くんがあの子をお姉ちゃんって呼んで、びっくりしたくらいだもん。でも、わたし前にあの子に会ったことはあるの」

拓実の血相《けっそう》が変わった。

まさに飛びかかるといってもいいほどの勢いで、両肩を掴まれる。

「会った!?　いつ、どこで？」

「痛っ」

肩に食いこんだ指の強さに花菜が顔をしかめたので、自分が何をしているのかに気づいたのだろう。拓実は「あ、悪い」と言ってぱっと手を離した。

肩を掴まれていたのはほんの数秒のことだったけれど、身動きができなくなるような力の強さと切羽詰った表情に、あの少女のことが拓実にとっていかに重要な関心事なのかと思い知らされる。

「あの子――ひめちゃんに最初に会ったのは、千葉さんのペンションに泊まってたときなの」

「ああ、『まがりや』に泊まってたときのことか。で、そのひめちゃんっていうのは何なんだ？ 姉貴の名前はさっきも言ったように実乃里だぞ」

「だって、本人がそう言ったんだもん。たねおばあちゃんが語り部に来ていた日に炉端で見かけたの」

「あのとき、あそこに姉貴がいたのか？」

「う、うん」

拓実は顎に手を当てて、じっと考えこんでいるようだった。

「だからわたし、てっきり千葉さんちの子だと思ったのよ。でもあとできいたらそんな子はいないっていうし。あのペンションには、ひめちゃんそっくりの木彫りの人形もあったし、千葉さんが座敷童子っぽいって話をするから。もしかしたらあれは本当に座敷童子かもって思ったの」

それまで黙って聞いていた拓実は、突然ぷっと吹きだした。

「座敷童子？　そりゃいいな」

「何よ。どうせ発想が安直で単純とかって思ってるんでしょ」

「そこまで思ってねえよ」

そうは言うものの、顔が笑っている。

「もういいもん！　バカにするんならもう話さないから」

「悪かったってば。拗ねんなよ」

まだ肩を揺らして笑いながらも、拓実はむくれる花菜の頭をぽんとやさしく叩いた。

「実はさ、おれも前からあの人形は気になってたんだ」

「拓実くんも？」

「ああ」

まだ笑いをこらえた顔のままで、拓実は頷く。その顔が普段の拓実からするとひどく無防備でやさしく、花菜の胸がどきりと鳴った。

「おまえの言うとおりだよ。あの人形は姉貴に似てるんだ。神隠しに遭ったときの姉貴にな。おれがあれを初めて見たのは、たしか中学に入ったばかりのころだったかな。ストーブの燃料にするペレットを配達する親父の手伝いでついて行ったときに見たんだ。びっくりしてガン見してたら、オーナーが教えてくれたんだ。『あれは前に泊まったお客がつくって置いていったものなんだよ』って」

「それじゃ、社長さんもそのこと、知ってるの？」

拓実は呟くように「さあな」と言った。

「親父も気づいていたかもしれないけど、おれはきかなかった。千葉さんは、脱サラして十年くらい前に遠野に引っ越してきた人だから、うちの姉貴のことは知らないんだろう。もしかしたら、おれが神隠しに遭ったたってことも知らないかもな。当時はテレビのニュースになったりなんだりで、結構騒いだらしいんだけど」

約二十年前なら、花菜はまだ小学校にも上がっていないころだ。

でも、そう言われてみれば、子どものころは、超常現象や超能力について特集するテレビの番組が多かった記憶がある。

拓実たち双子が行方不明になったのなら、それが本当に神隠しだったかどうかは別にしても、報道されたとしても不思議はない。

「おれはずっと姉貴を捜してるんだ。でもなぜかおれの特技は、姉貴には効かないらしい」

「それって、どういうこと？」

「捜し人の相談を受けて相手のことをイメージすると、いつもならぼんやり居場所が浮かんでくるのに、姉貴についてはさっぱりなんだ。いくらイメージしても浮かんでくるのは遠野の山並みだけ」

　さっき拓実が自分のことを「どこぞの名探偵みたいに推理したり証拠集めたりして考えてるわけじゃねえ」と言っていた意味がわかった。

「でも、だからおれはきっと姉貴は今もこの山のどこかにいると信じてる。もう誰も捜さないんなら、おれだけでも捜してやるんだ。でもって、絶対に見つけてやるんだ。どんなに時間が経っても、どんなに姿が変わってても、おれならきっとわかるはずだから」

　月を見上げて訥々《とつとつ》と語る拓実は、花菜と話をしているというよりはどこか自分に言い聞かせているかのようでもあり、見ていて胸が苦しくなる。

「あの人形を彫った山伏は、もしかしたらおれの姉貴をどこかで見たことがあるんじゃないか、姉貴の居場所を知ってるんじゃないか、っておれは思った。だから何とかその人に会えないか、連絡先を教えてほしいとオーナーに頼みこんだんだ」

「それで、会えたの？」

「結論からいうと、会えた」

　拓実の答えは拍子抜けしそうなほどにあっさりしていた。

「でもどっちかっていうと偶然会えたみたいなもんだな。なんせ、あの人は修行をするためにあちこちの山を渡り歩く修験者だからな。ひとつのところにとどまっていることはほとんどない。

まがりやのオーナーに頼みこんで教えてもらった連絡先も、結局はダミーだったしな」

「えっ、じゃあそれでどうやって会えたの？」

「あっちの方から出向いてきてくれたからさ」

「山伏さんが拓実くんを訪ねてうちまできてくれたってこと？」

「いいや。あの人にはじめて会ったのは、通学に使っていた山道だった。そのときおれは中学生だった。学校から帰る途中、突然木の上から声が降ってきたのさ。『おい、おれを探してるっていう子どもはおまえか？』ってな。もう、びっくりしたのなんの。天狗でも出たかと思ってあやうく自転車ごとひっくり返るところだったぜ」

少々おどけたような拓実の口調につられて花菜も笑った。

「しかもそのとき、鈴掛《すずかけ》に脚絆《きゃはん》に錫杖《しゃくじょう》っていう山伏装束《しょうぞく》だったんだぜ。余計に紛《まぎ》らわしいっつの。つーか、化け物と同じで人をびびらせるのが趣味みたいな人だからな。手に負えない」

「鈴掛って？」

「修行中の山伏が着る衣のこと。ほかにも頭襟《ときん》とか結袈裟《ゆいげさ》とか山伏の独特の装備ってのはあるんだけど。本やテレビによく出る天狗の絵って山伏の格好してるだろ？　だからビビるななんて言われても無理だよな」

その状況では確かに、驚くなというほうが無理だろう。

もしもそこにいたのが花菜だとしたって、腰を抜かすくらいはするに違いない。

「まあそんなわけで、おれはその人と知り合いになって、弟子《でし》入りしたわけ。何でか知らないけど、あっちはおれが神隠しに遭ったことも、相談ごとを受けていることも知っててさ。理由をきいても『企業秘密だ』なんて言って教えてくれなかったけど」

拓実はやれやれというように肩をすくめる。

「でも、いろいろなことを教えてもらったり、魔除《まよ》けのお札をつくってくれたりした。今じゃ感謝してるよ」

「あっ、もしかしてその人が、拓実くんが菊池さんにあげたお札をつくってくれたって人？」

「そういうこと」

「わたしも会ってみたいなあ」

ほとんど無意識に呟くと、拓実はぎょっとしたように目を見開いた。

「やめとけ、やめとけ。言っただろ、あの人はそうとう腹黒いぜ。せいぜいオモチャにされるのが関の山だ」

「でも拓実くんの恩人さんでしょ？　きっとやさしい人だよ。それに面白そうな話、いろいろ聞けそうだし」

もうこの話題は打ち切りにしたかったのか、拓実は鼻を鳴らしてあさってのほうを向く。

「勝手にしろよ。どんな目に遭っても知らねえからな。まあどうせ、いつもどこをほっつき歩いているかわかんねえような人だし、たいていはあっちからふらっと現れるから、したくても紹介なんかできねえけどな」

拓実は言うだけ言うと花菜をその場に残し、灰皿を持ってさっさと自分の部屋へと引っこんでしまった。

でも、先ほどまでとは打って変わって明るい表情と口調になっていたことに、花菜は気がついていた。

8

盛夏を迎えても、相変わらず遠野は雨が多かった。

表土はぬかるんで長靴がとられ、下草を刈るのに難儀した。六十年以上も山で働いてきた光吉をしても、この年の夏の雨の多さは異常らしい。

「女が山仕事なんぞすっがら、山の女神さまがごっしゃいでる（怒っている）んだ」

などとうそぶくことはいまだにあった。

しかし、以前と違うのは、そのたびに拓実が「まあまあ。うちの会社の林業体験会に来た人たちの中にも女の人はいただろ？　そんときは何にもなかったから、この雨も偶然だよ」とフォローしてくれることだった。

花菜はこの夏、東京には帰省しないことにした。ただでさえ雨の日が多く山仕事は休みになりがちだったので、貴重な晴れ間は下草刈りやつる切りなど、やることはいくらでもあった。

伊能家の面々もこの時期は休日返上で働いていたため、なかなか自分だけ休みを取って帰りにくかったということもある。

「花菜ちゃんはお盆に帰省しないの？」

夕食の後片付けをしながら、美里が尋ねてきた。水気をふき取った食器をしまいながら、花菜は頷く。

「うん。正社員になる前に一回帰ってるしね」

「えーっ、でもそれって五月か六月ころの話でしょ。お母さんとかお父さんが寂しがるんじゃない？　うちだったらきっともう大変だよ。いつ帰ってくるんだって毎日電話かかってきそう」

確かに茂ならやりかねない。

茂は美里に対してはべたべたに甘い。拓実に対して美里が少々横暴な態度に出て激昂《げっこう》しても、お叱りを受けるのはたいてい拓実のほうで、美里はお咎《とが》めなしだ。

八月も半ばを過ぎると、遠野の里のあちこちに不思議なものが現れはじめた。

それは家々の軒を遥かに超す五メートルはあろうかという細い木の先に紅白の長い旗をつけたもので、風が吹くとまるで吹流しのようにゆらゆらと揺れた。

高台に立つ伊能家の庭からは、それらがよく見えた。特にまだ薄暗い早朝、黒々とした山々や遠野の盆地がうっすらと霧に包まれている中、無数の紅白の旗が揺らめくさまは、幻想的ですらあった。

「なに見てんだ？」

石垣の縁に立って木製の柵《さく》に寄りかかり、眼下に広がる壮大な風景に心を奪われていた花菜は、その声でびくっとした。

振り向くと、首にタオルをかけた拓実がこちらに向かって歩いてくるところだった。

「おはよう。あの旗みたいなの、きれいだなと思って」

「ああ、あれか。あれはトオロギっていうんだ。遠野独特のお盆の風習だな」

花菜の隣まで来た拓実は、花菜と同じように柵に手をついて身を乗り出した。顔を洗ったばかりだったのか、前髪が濡れていて、透明な雫《しずく》が滴《したた》る。

睫《まつげ》の本数まで数えられそうな顔の近さに花菜の心臓は跳ね上がる。

「ト、トオロギ？」

つい噛んでしまったのはそのせいだったが、拓実は花菜の動揺には気づいていないようだった。

「灯篭に木と書いてトオロギと読むんだ。トオロギは仏様が出てからまだあまり年数が経っていない家が立てる印《しるし》で、帰ってきた仏さまが迷わないようにという気持ちの表れなんだ」

「そっか。お盆の灯篭《とうろう》みたいなものなんだね」

「そう。もっとも、何年間出すって決まりも特になくて、仏様のためにお盆のずっと前から出し続けてる家もある。決まりごとがあるとしたら、女性が亡くなったときは紅、男性のときは白の布を使うことくらいだな」

伊能家の周りの集落のあちこちに、白いのぼりが立ち始めたのはそれから間もなくのことだった。はじめのうち、トオロギが増えたのかと思っていた花菜だが、よくよく見るとどれにも墨で「遠野郷八幡宮」と書いてある。

夕飯のあと、もらいもののスイカを半月に切って頬張っている伊能家の面々に尋ねてみると、面倒くさそうにしながらも答えたのは拓実だった。

「あれはあの神社の夏祭りを知らせるのぼりだ。焼きそばとかカキ氷とか、出店が出るぜ。おまえそういうの好きそうだもんな、行ってこいよ」

「えっへっへー」

それを聞いていた美里が、にたにたと笑いながら兄の脇腹を肘でつつく。

「お兄ちゃんってば、恥ずかしいからってわざとそんなふうに言ってぇ。隠さないで正直に言えばいいのに」

「ばっ……」

拓実は顔を赤くして、ごくんと咽喉を鳴らした。どうやらスイカの種を飲みこんでしまったらしい。

「バーーーカ。別におれはなんも隠してねえよ」

「またまたぁ」

美里の肘が再び拓実の脇腹にヒットする。

しかも今度は最初のよりもかなり強めだった。拓実のくぐもった呻きが花菜には聞こえたが、美里の耳には届いていないらしい。

「花菜ちゃんに年に一度の晴れ姿を見られるのが恥ずかしいから、あんなふうに言って出店に誘導する作戦でしょ？　でも残念でしたー。このあたしがいる限り、そうはさせませんよーだ。花菜ちゃんは特等席にご招待しまーす」

「バカ！　だから作戦も何もおれは――」

いつもの兄妹喧嘩《けんか》が始まったが、状況が飲みこめていない花菜はついていけない。

そんな花菜の横で、スイカに塩を振りながら茂が言い放った。

「遠野郷八幡宮ではね、毎年秋の祭りで流鏑馬神事《やぶさめしんじ》を奉納するならわしがあるんだよ。花菜ちゃんは流鏑馬って見たことあるかい？」

花菜はぶんぶんと首を横に振る。

「テレビで見たことはあるけど、本物はないです。見てみたいなあ」

「見られるよ。美里が言ったように、特等席でね」

「え？」

「なんたって矢を射るのは、うちの次期社長だから。家族用の特等席があるんだ」

茂は笑って拓実の肩をぽんぽんと叩いた。

拓実は酸欠の魚のように口をぱくぱくさせた。その顔がみるみる赤くなってゆく。

「ええーっ!?　拓実くん流鏑馬なんてできるんだ」

「何だよその言い方。失礼なやつだな。おれが流鏑馬できたら悪いのかよ」

「誰も悪いなんて言ってないよ！　拓実くん、凄い、凄い！　かっこいい！」

まだ見てもいないうちからテンションが上がる花菜に、拓実はじろりと恨みがましそうに父親を睨んだ。

「まったく、うちの連中はそろいもそろって余計なことばっかりぺらぺらしゃべりやがって。おまえらあとで覚えてろよ」

「もう忘れましたよ〜だ」

「ははははは、まあいいじゃないか」

美里も茂も拓実の怒りなどどこ吹く風で、スイカのお代わりに手を伸ばしている。

光吉もたねもひときれ食べるとさっさと寝てしまったため、居間には拓実の怒声《どせい》と父娘の笑い声だけが響いていた。

＊　＊　＊

祭の当日、これまでいったいどこにこんなに人がいたんだろうと思えるほどの人ごみで遠野郷八幡宮の境内はにぎわっていた。

「岩手県内で流鏑馬を神事として奉納する神社は盛岡八幡宮と、ここ遠野の八幡宮が有名だね。盛岡のほうは秋の新嘗祭《にいなめさい》のときだけど、遠野郷八幡宮では昔から旧暦の八月に行われるならわしなんだ」

早くも三杯目の生ビールでほろ酔いの茂はいつも以上に饒舌《じょうぜつ》だ。

花菜はおとなしく、星形やハートの形にくり抜かれた果物が炭酸水に浮かぶフルーツポンチを啜っている。

美里は焼きそばをぺろりとたいらげたあとは、リンゴ飴《あめ》とフランクフルトとたこ焼きを買うと言って人ごみの中に消えた。拓実が言ったとおりだ。

「その浴衣、よく似合ってるよ」

にこにこと言われて、花菜も笑った。このお祭のためにと、たねが花菜に浴衣を縫《ぬ》ってくれたのだった。実は前もって祭の日に合わせて準備しておいてくれたらしい。驚きと恐縮と嬉しさで真っ赤になる花菜に、たねは「私が好きでやってるんだから気にしないで。喜んでもらえたら嬉しいわ」と言って笑ったのだった。

美里はたねから和装を習いながら、何と今年は自分で浴衣を縫ったのだという。花菜は落ち着いた色合いの菖蒲、美里はかわいらしい桜の柄の浴衣だった。

「ありがとうございます、おばあちゃんにもお礼にお土産買っていかないと」

花菜の浴衣姿を拓実はまだ見ていない。

流鏑馬神事は早朝、まだ暗いうちに川で身を清めるところから始まるのだそうで、花菜が起きたときにはもう拓実は出かけたあとだった。

どうせ、「うわ、馬子《まご》にも衣装！」とか言うんだろうけど。ちょっとくらい、褒めてくれたりしないかな。

花菜は境内の一角に設けられた馬場に目を遣る。晴天に恵まれたこの日は、緑の多い境内を吹き渡る風が心地よい。

「拓実くんは、どこで流鏑馬を習ったんですか？」

「あいつは高校時代、弓道部だったんだよ。インターハイにも出たりして、なかなか強かったんだ」

「へえー、そうなんですか」

「そうそう。馬術は大学で覚えたらしいな。受かった大学に弓道部がなかったから、たまたま目に付いた馬術部に入ったんだって最初は言ってたけど、相性がよかったらしいね。もともとあいつは動物好きだから」

「あっ。でも言われてみたら仕事中の拓実くん、きつい斜面でも高い木でも猿みたいにがんがんのぼっていくから、凄いなって思ってました。でもなんだかいろいろちょっと意外」

「意外？」

おそらく反射的にだろうが、茂が小さく首を傾げたので、花菜はあっと思った。

けれど、一度口から滑り出してしまった言葉は消せない。

「えっと、意外っていうのは、別に深い意味はないんですが……あのこれ、拓実くんには言わないでおいてくださいね」

「言わない言わない。誓って言わないよ」

毒のない笑顔で穏やかにそう言われてしまうと、余計に逃げられない。

花菜は観念した。

「拓実くんって普段は結構ガサツっていうか乱暴っていうか、行動とか言い方とか言葉遣いとかが荒っぽいし、気も短いし、すぐ怒鳴るし、ひとのことバカにしてばっかりいるし、デリカシーないし。おまけにプライド高いし」

聞いた瞬間、茂は飲みかけのビールを盛大に吹き出した。

ごほごほとむせる茂の背中を見て、花菜は我に返った。

「ち、違うんです社長さん！　ついつい言い出したら止まらなくなっちゃったっていうか、話しているうちにエスカレートしてついついぽろっと本音が……いやいやそうじゃなくて！」

必死の言い訳もさらに茂のツボを刺激する結果になったらしく、茂の咳はしばらく続いた。ようやくおさまったときには涙目になっていた。

「花菜ちゃんにこんなふうに思われてることを知ったら、拓実のやつショック受けるだろうなあ。自業自得《じごうじとく》とはいえ、哀《あわ》れな息子だ」

「違いますって！　そういう意味じゃないんですってば！　あの、神事ってなんだか手順や決まりがたくさんありそうだし、衣装も動きにくそうだし、こんなにたくさんの人が見てる前で馬に乗って弓を使うなんて、拓実くんってホント凄いなって思ったんです。だからそういう意味での意外ってことで！」

つんのめりそうな勢いでそこまでを一気に白状すると、茂は今度は吹き出しはしなかった。その代わりに、ひどく嬉しそうに頬をゆるめる。

「そっかそっか。そういう意味だったのかあ。さっきは笑ってごめんね」

「い、いえ、気にしないでください……」

恥ずかしさでしおれる花菜の頭を、茂はぽんぽんとやさしく叩いた。

大きな手のひらもそのあたたかさも、拓実のそれと同じだった。

「正直に話してくれた花菜ちゃんへのお返しに、ひとつ教えてあげよう。これもおれがしゃべったのがばれたらあいつの機嫌が悪くなるから、拓実には内緒だよ」

花菜は首をぶんぶん縦に振る。

「拓実のやつね、遠野だけじゃなくて盛岡の神社にも頼まれて射手《いて》として出張することもあるんだよ」

「それってひょっとして……拓実くんがそれだけ凄いってことですか？」

「そういうことになるんだろうね。盛岡にあいつの出番を見に行ったときに、あちらの神社の神主さんや、流鏑馬の保存会の方たちとお話しすることがあったんだけど、みんな不思議なことを言うんだ」

「不思議なこと？」

「弓の弦に矢を番《つが》えずに引いて鳴らすことを弦打《つるう》ちとか鳴弦《めいげん》とか言ってね、昔から魔除けとして行われているんだよ。で、この鳴弦の儀は神事の前に行われるんだけど、拓実がこれをやると、本職の神主さんも顔負けなくらい、その場の空気が清浄になるんだそうだよ。それも、あいつが呼ばれる大きな理由なんだ」

拓実の秘密を聞く前の花菜だったら、ここで吹き出していたかもしれない。

けれど、秘密を共有した今では、むしろそれがすとんと胸に落ちてきた。

ゴンゲサマのときも河童のときも怖い思いはしたけれど、拓実の傍にいればなぜか安心できた。他によりどころとする人がいなかったからそう思うのかと考えていたけど、おそらく違うのだ。

拓実の周りだけ空気が違っていたのだと言われれば、納得できた。

そこへ元気な声が飛んでくる。

「あっ、いたいた。見て見て、花菜ちゃーん、お父さーん！　大漁だよ！」

見れば、美里が笑顔でこちらにやってくるところだった。

人数分のフランクフルトやらお土産用と思われるリンゴ飴やらで両手がふさがっている。

境内に設置されたスピーカーから、流鏑馬神事の始まりを告げるアナウンスが流れた。

神事が始まると、勇ましい武者の装束である素襖《すおう》に身を包んだ射手たちが、猛烈な速さで馬を駆りながら、板でできた的を狙う。

放たれた矢が的に中《あた》るたびに、カーンという小気味よい音が一帯に響いた。

拓実の出番は最後だった。

大地を蹴る蹄《ひづめ》の音が轟《とどろ》く。

その振動さえもが花菜たちのところまで伝わってくる。

風と一体になったように拓実は馬場を駆け抜けた。

いつもは鉈《なた》やチェーンソーを自在に操《あやつ》るその長い腕と指が、流れるように滑らかに背中の矢筒から矢を引き抜き、番え、引き絞り――そして放った。

その晩、伊能家の夕食は拓実の慰労会を兼ねて、いつも以上に豪勢《ごうせい》だった。

ジュージューと音を立ててどんどん焼かれていく肉は、牛や豚ではなく羊——つまりジンギスカンだ。遠野市民にとっては、焼肉といえばジンギスカンなのだという。

もちろん拓実をはじめ、伊能家の面々はこれが大好物なのだそうだ。

キャベツやモヤシ、薄切りのニンジンにピーマン、カボチャなどこれでもかというほどたっぷりの野菜とともに薄切りの羊肉をジンギスカン専用の鉄鍋で焼く。どんどん焼く。

焼ける傍から、先を争うように箸が伸びる。

花菜はもともと、ラム肉特有の臭みが苦手でジンギスカンもそれほど得意ではなかった。

だが、皆に勧められるままに、タレを肉と野菜にからめて口に運ぶと、ぺろりと食べられた。すりおろしたタマネギが味の決め手という甘辛いタレの旨みもさることながら、びっくりするほど肉にくせがないのだ。むしろ牛肉より食べやすいかも、と思ってしまったほどだ。

男性陣は、締めにこのタレを白いご飯にかけてかきこむのが定番らしく、みな口のまわりをてかてかにしながら幸せそうに頬張っていた。

「ちくしょー、あと一個だったのにな」

心底悔しそうにそう言って、拓実は食後のどぶろくを煽《あお》った。

聞けばペンションまがりや自家製のどぶろくなのだそうだ。ぴちぱちとやさしく発泡するどぶろくは、米の味がして飲みやすく、花菜もご相伴《しょうばん》にあずかってちびちび舐めている。

さきほどから拓実が管《くだ》を巻いている原因は流鏑馬の的のことだ。

流鏑馬神事では三つの的を射る。それを三回繰り返すのだ。拓実はその九回中たった一回だけ外してしまったのだった。それが彼には我慢ならないらしい。

「去年は三回とも皆中《かいちゅう》達成したんだけどな。腕がなまったわけじゃないはずなんだけど」

「ひとつ中《あて》られるだけでも凄いよ」

花菜はそう言って美里と目を合わせて笑った。

「な、何だよ。おだてても何も出ねえぞ」

拓実の頬から耳朶《じだ》のあたりの肌が赤くなっていたのはアルコールのせいだったのか。それとも他の理由なのかはわからない。二人とも、まだ浴衣姿だ。

茜色《あかねいろ》に染まった蜻蛉《とんぼ》が晴れ渡った空をすいすいと泳いで行く。

伊能家から見下ろす一帯の田圃では、稲刈りが始まっていた。

吹き渡る風は、秋の匂いだった。

第四章

山狗《やまいぬ》と山人《やまびと》

1

その客人が伊能家を訪れたのは、遠野に初雪が舞い降りてから、数日経ったある寒い日のことだった。

チャイムが鳴ったとき、伊能家にいたのは花菜ひとりだった。

咄嗟に出ようかどうしようか花菜は迷った。

間借りしているとはいえ伊能家の血縁でもない自分が、ほいほいと来客の対応をするのはさすがに躊躇《ためら》われたからだ。

たいてい昼間はたねが家にいる。それに、日の出とともに始まって日の入りとともに終わる山仕事では、夕方にはみな家に帰っていることが多かった。

だから伊能家では、花菜ひとりで客人に応対するようなことはこれまでもほとんどなかった。

しかし、この日は運悪く法事で、祖父母と茂の三人は早くから出払ってしまっていた。

このため拓実は一日限定で他の班員に混じって山仕事に出かけていたし、経験の浅い花菜は山には行かず、事務仕事を手伝うことになったのだった。

けれどベテランの事務員ふたりの前で、花菜にできるのは雑用と世間話の相手くらいしかなく、結局早々に帰ってきたのだった。

「はーい、いま行きまーす」

まだ着替えていなかった花菜は、会社のブルゾンを着たままで階段を勢いよく駆け下りた。

玄関の三和土《たたき》に立っていたのは、淡いピンクのコートに身を包んだひとりの少女だった。

花菜は上がり框で踏鞴を踏んでブレーキをかける。

東北地方の農山村部では、日中に玄関を施錠《せじょう》しておく家はほとんどない。

都会であれば客人は玄関先でチャイムを鳴らし、家人がドアを開けてくれるのを待つ。

しかし、このあたりでは、客人は鍵のかかっていない玄関扉を勝手に開けて、三和土くらいまでは普通に入ってくるのだ。

それどころか、にわか雨が降ってきたからとよその家の洗濯物を取りこんでおいたり、近道になっていいからと近所の家の庭を勝手に横切っていくなどということは日常茶飯事《さはんじ》だ。

花菜も最初のころこそしょっちゅう驚いていたが、今ではいちいち動揺しない程度には慣れていた。

「あのー、どちらさまでしょうか」

花菜がおそるおそる声をかけると、少女はつんと顎を上げた。

長い髪はつややかな栗色に染められていて、毛先は丁寧に巻いてある。日焼け止めを塗って一応は気をつけているものの山仕事で陽に焼けた花菜に比べて、少女の肌は真っ白できめがこまかそうだった。コートの下から伸びる素足も白く、すらりと長い。

長い睫の奥で、大きな目がくりっと動いた。

ほんの一瞬の間に、花菜の真っ黒なショートカットの頭のてっぺんからつま先まで、値踏みするような視線が走り抜ける。

「あなた誰？　まさか拓実先輩の奥さんってわけじゃないわよね」

挨拶もなしでのいきなりな物言いに、花菜はびっくりする以前に吹き出しそうになった。

「わたしが拓実くんの奥さん？　いやいやまさか、違いますよ」

「あ、やっぱり？　ですよねー。そうだと思いました」

こら、それはどういう意味かな。

そう問い詰めたいところをぐっと我慢して、花菜は愛想笑いを浮かべる。

「ご挨拶が遅れました。わたし、こちらでお世話になっている作山と申します」

「お世話になっている？　ああ、会社の社員さんってこと？」

「いえあの……確かに遠野農林の社員でもあるのですが、こちらの家に同居させていただいています」

瞬間、少女の顔つきが般若《はんにゃ》のように変わった。

「同居？」

あっ、やばっ。もしかして地雷、踏んだ？

「同居ってどういうこと？　もしかして拓実先輩と同棲《どうせい》してるの？　先輩の実家で？」

声が地を這うように低くなった。そのうえ、いつの間にか敬語もどこかに旅立ってしまっている。

「同棲なんかじゃないですよ！　話せば長くなるんですが、これには深い理由があって――」

「ふっ、深い理由ですってー!?」

少女の声がヒステリックに裏返る。

まったく、どうしてわたしは玄関でこんな押し問答みたいなことをしないといけないんだろう。

花菜が頭を抱えたくなったときだった。

「作山、何を玄関先でもめてるんだ？」

救いの神――いや、この場合は疫病神《やくびょうがみ》と言ったほうがいいのかもしれないが――は、そこにひょっこり現れた。

「拓実くん!!」

「先輩!!」

ふたり一緒に叫ばれて、拓実は「うっ」と表情を強張《こわば》らせる。

おそらく反射的にだろうが一歩引きかけたその腕を、巻き髪の少女はがっちりと掴んだ。

「お久しぶりです先輩！　二年ぶりですね。あたしのこと覚えてますか？」

「お、おまえ大友先輩んとこの妹……か？」

「そうですー！　ああ、やっぱり先輩は覚えててくれた！」

少女は拓実の腕を強引に自分の体に引き寄せる。拓実の顔が瞬時に真っ赤になった。

「うわっ。おいバカ、やめろ！」

これがもし花菜だったら、とっくの昔に頭にゲンコツのひとつやふたつが落ちていそうなものだが、さすがにそうもいかないのだろう。

「何やってんの？　お兄ちゃんたち」

背後からきょとんと声がする。

振り向いた花菜と拓実が見たのは、自転車から降りた美里だった。いつもバス停から家までは自転車なのだ。ちょうど帰宅時間と重なったらしい。

「ちょっと、志織《しおり》じゃない！　やだ、あたしんちで何やってんのよ」

「あたしがどこで何をしようと勝手でしょ」

「それを言うならあたしんち以外でやってよね！」

「あたしは先輩に用事があったからわざわざこんなところまでタクシーで来たの！　あんたにな

んか用事はないわよ！」

「はっはーん、わざわざタクシーで来て、帰りはお兄ちゃんに送ってもらうつもりなんでしょ。あーやだやだこれだから」

「なっ、なんですってええ！」

美里のおかげで拓実は拘束《こうそく》から一時的に解放されはしたが、逆に騒々しさは二倍以上になった。

「……ちょっと拓実くん」

その喧騒《けんそう》の中、花菜は上半身を屈めて拓実に囁いた。

「……何だよ」

つられて拓実もひそひそ声になる。

「あの子、知り合い？　美里ちゃんも」

「ああ、まあな」

いつものようにタオルを巻いた上から、拓実は頭をがしがし掻いた。

「ちょっと昔、世話になった先輩の妹。で、美里の同級生」

「あーっ、先輩！　なに隠れてこそこそ話してるんですか！」

「だああもう、さっきからぎゃあぎゃあ玄関先でうるさいな。おまえらいいからさっさと中入れー！」

拓実のこめかみに浮いた太い血管が切れる音が聞こえたような気がした。

＊　＊　＊

「で、おれに用事ってのは何なんだ？」

コーヒーを啜りながら拓実は切り出した。

話に入る前に軽くシャワーで汗を流してきた拓実の髪はまだ濡れていて、毛先からこぼれる滴がＴシャツの肩を濡らしている。前髪を下ろしているときの拓実は、高校生といっても通用しそうなくらいに若く見えた。

居間の座卓に、拓実と志織、美里と花菜が向かい合う形で座る。

奇しくも女性三人に囲まれる形になった拓実だが、嬉しそうなそぶりは微塵《みじん》もなく、さきほどから眉間に物騒な皺が寄りっぱなしだ。

「そうよ、もったいぶってないでさっさと話せばいいのに」

大友《おおとも》志織が持ってきた菓子をつまみながら美里が乗っかった。

「さっきからねちねちうるさいわね。まだ高三のくせにおばさんっぽいったらありゃしない」

「なーんですってえ！　あたしのどこがおばさんっぽいのよ！」

「得意料理はお芋の煮っ転がしでーす♪　とか言っちゃうあたりよ」

「煮っ転がしは正義よ！」

お芋の煮っ転がしが得意な女子高生ってステキだと思うけどなあ。

花菜は素直にそう思ったけれど、今ここでそれを口に出したら火に油どころかガソリンを注いで大爆発になるのは目に見えているので、黙って菓子を齧り続けた。

実際、美里の和食はたいてい何でも美味しい。それに『ガンバッテ！』や『ハッピーバースデー』など、器用に海苔を切って、弁当の白米の上に描いてくれるメッセージも楽しい。ただし虫の居所が悪いときは、拓実が八つ当たりの犠牲者にされていたけれど。

最近では数日前、久しぶりに派手な兄妹喧嘩をやらかした翌日の拓実のお弁当はとりわけひどかった。海苔を切り抜いて作られた、形も大きさもリアルなゴキブリが何匹もご飯の上に鎮座しており、遠野の山々に拓実の絶叫が響き渡ったのだった。

拓実は山にいるような虫はたいてい平気だが、なぜかゴキブリだけは、からきし駄目らしい。

そんな兄の弱点を熟知している妹ならではの反撃だ。

きれいに整えられた志織の爪を見ていると、二人が仲の悪い理由が何となく想像できる花菜だった。

拓実の盛大なため息が響く。

「いいからさっさと本題に入れ。どうせおまえもおれに探し物を見つけてほしいとか、そんなクチなんだろ」

「そう……あたし……あたし、先輩に人を捜してほしいんです」

志織の口調が不意に重くなる。

拓実の頬がひくりと動いた。

思わず花菜も拓実の顔を凝視する。拓実は自分の過去と能力のことを花菜に話したとき、『人や物を探せる』とは言っていたが、実際に人捜しの依頼を持ちかけられたところを見たのはこれが初めてだった。

しかし、次に拓実が取った態度は意外なものだった。

「バーカ、人を捜してるんなら行くところが間違ってるだろ。おれはヒマじゃないんだ。冷やかしなら勘弁してくれよ？」

「違います。冷やかしなんかじゃないです！」

「捜してるのは彼氏なんだか友だちなんだか知らないが、まずはその相手の親御さんが警察に行って相談したほうがいいんじゃないか？」

「警察なら、とっくに行きました」

志織の声に突然、震えが混じる。

「でも、だめなんです。あたし、何度も警察に相談に行きました。でもそのたびにお父さんたちに連絡がいって、すぐに連れ戻されちゃうんです。お父さんとお母さんは心配いらないって言うけど、一か月も連絡がつかないなんて初めてなんです。……あたしには拓実先輩しか、相談できる人がいないんです」

「おまえ、まさか、その行方不明になった人って……」

拓実の声もかすれていた。最後まで一息には言いきれず、途中で声が咽喉に引っかかる。

志織はそんな拓実の顔をじっと見上げて、やがて静かに頷いた。

「お兄ちゃんなんです」

志織の目尻には、涙がにじんでいた。

「あたしのお兄ちゃん、行方がわからないんです」

＊　＊　＊

「こいつの兄貴――大友篤《あつし》さんは、おれの高校時代の弓道部の先輩だ。おれは先輩にはいろいろ世話になったんだ」

花菜は首を傾げる。

「あれっ、でもそうすると志織ちゃんと拓実くんはどうやって知り会ったの？　学年は違うよね？」

美里と志織が同い年なら今はだいたい十八歳くらいということになる。拓実は二十代後半だから、同時期に高校に通うことは難しい。

「おれが大友先輩の家にしょっちゅう遊びに行ってたからだよ」

拓実は懐かしそうに目を細めた。

「もっとも、先輩は東京の私大に進学して、おれは地元の国立に入ったからな。だから自然と会える機会も少なくなったし、先輩はそのまま東京で就職したってメールが来たからな。あっちで元気にやってるんだとばかり思ってたんだが」

志織はピンクのリップの塗られた口元を一文字に引き結んで頷いた。

「夏休みが終わったころくらいから、お兄ちゃんがメールの返事をくれなくなったんです。お父さんもお母さんも『お兄ちゃんはお仕事で忙しいんだから、そっとしておいてあげなさい』って言うけど、あたしのメールに全然返事をくれないなんてこと、今までになかったんです」

スカートの膝の上で握り締められた志織の拳が、白く血の気を失っている。

「でも本当に仕事で忙しいんなら、ちょっとした休憩時間にメールの返信くらいできるでしょ？もしかして悪い女にでも引っかかって誑《たぶら》かされてるんじゃないかって、あたし心配で。だから貯金をおろしてお父さんたちに内緒で、あたし新幹線に乗ったんです。お兄ちゃんのアパートまで行くつもりでした」

山間部の女子高生の口から飛び出したとは考えたくない単語の数々に、拓実は眉間に指を当てため息を漏らした。

「……で、どうだったんだ。先輩には会えたのか？」

座卓《ざたく》に肘をついて尋ねる拓実の言葉は質問の体をとってはいたが、脱力している感は否めない。おそらく、大友兄に同情しているのだろう。口には出さないが花菜も内心では同様だった。

志織はふるふると首を横に振る。

「お兄ちゃんのアパートだって言われていた場所に、お兄ちゃんは住んでいませんでした」

志織の大きな目に、みるみるうちに涙の粒が盛り上がった。

「その住所には、高層ビルが建っていたんです。アパートなんかなかったんです」

「お前が道を間違ったってわけじゃないのか？」

「あたしも最初はそう思って、お兄ちゃんから届いた年賀状の住所を近所の人や、ビルの守衛さんに見てもらいました。そうしたら、間違いなく住所はそこだったんです」

「じゃあ、先輩はおまえに嘘の住所を教えてたってことか？」

「……たぶん」

「それ、ご両親は知ってるのか？」

志織は肩を落とす。

「これでお父さんたちも本気になってくれると思って、東京での一部始終を話しました。そうしたら逆に、ものすごく叱られちゃいました。未成年の女の子が、ひとりでそんなことをするもんじゃないって」

彼女の両親の言い分もわからないでもない。花菜は仏頂面で聞き入る美里の顔を視界の端で眺めた。

「そのせいであたし、土日は外出禁止なんです。平日もちゃんと寄り道しないで帰ってくるよう、お母さんに時間をチェックされてるんです。だから今日は部活をさぼってこっそり学校から直行しました」

もし仮に美里がそんなことをしようものなら、茂の怒りはそれどころでは済まないに違いない。仕事を休んででも娘の見張りにつきそうだ。

「それで、お父さんもお母さんも、『お兄ちゃんなら大丈夫だから、おまえは気にしないでいつもどおりにしていなさい』ってばかり言うんです」

「ちょっと待て。なんだかお前の話を聞いていると、ご両親は先輩のことを全然心配してないように聞こえるんだが」

拓実は手のひらを上げて志織の話を遮る。眉間に皺を寄せた顔のまま、まだ乾ききっていない前髪を掻き上げた。

「そうなんです。お父さんもお母さんもおかしいんです！」

やっとわかってもらえたとばかりに、志織の声のトーンがはね上がる。

「だってお父さんたちもお兄ちゃんと連絡が取れないのは事実だし、住所が嘘だったのも事実なのに、『お兄ちゃんは大丈夫だから』の一点張りなんです。こんなのおかしいですよ！　拓実先輩もそう思いませんか？」

「い、いや、まあ……」

「だからもしかして先輩なら、本気で話を聞いてくれるんじゃないかって、あたし……」

「いや、ちょっと待て――」

拓実の口調は明らかに困惑のそれだったが、いったん火が点いてしまった志織の勢いは止まらない。

「お願いします先輩。あたし、お兄ちゃんが心配なんです！」

志織は弾かれたように席を立つと、拓実に飛びついた。

花菜も美里もぎょっとしたが、制止する間もなく志織は拓実の胸にしがみついて、涙を浮かべた目で拓実を見上げた。

「あたしには、もう拓実先輩しか相談できる人がいないんです！」

「志織、あんたねえ。ちょっと」

「言っとくけど」

いらいらした美里が言い終わらないうちに、その言葉を遮ったのは拓実だった。

「おれは別に警察官でも探偵でもないぞ。ただの第一次産業従事者だ。だから、何の約束も保証もできねえぞ。それでもいいな？」

志織の頬が喜びでぱっと桃色に染まる。

「はい！　もちろんです」

心の底から嬉しそうな志織の顔を見ているうちに、花菜は体の深いところから湧き出してきた重苦しいもので、胸が締めつけられるのを感じていた。

「お兄ちゃん、どうしてあの子の話、断らなかったのよ」

家の近くまで志織を送り届けて帰って来た拓実を玄関先で出迎えたのは、上がり框の前で仁王《におう》立《だ》ちした美里の第一声だった。

「うるせーな。受けるも受けないもおれの勝手だろ。いちいちおまえに説明する義務はないだろうが」

「まさか、女子高生に手を握られたからなーんて言わないわよね」

「バーカ。んなわけあるか」

ひらひらと手を振って自分の部屋へ引っこもうとする拓実を、花菜は居間の戸口に寄り掛かったまま、じっと目で追ってしまう。

その視線に気づいた拓実が、階段の途中で足を止めた。

「何だよ。おまえも文句があるのか」

「別に。そういうわけじゃ……」

つい目線をそらしてしまう。

花菜は自分の肘を所在なさげに引き寄せた。

「ただちょっと、拓実くんがどうして受けることにしたのか、わたしも気になって」

「ほーら、花菜ちゃんまで心配させちゃったじゃない」

すかさず勝ち誇ったように美里が言った。

「どうせ、あいつのお兄ちゃんは彼女とラブラブで同棲《どうせい》してて家にいないとか、そういうオチじゃないの」

美里は無視して、拓実は花菜の頭にぽんと手を乗せた。

「おまえが心配するようなことは何もねえよ」

それだけを言い置いて、家中に響き渡る美里の抗議の声などまるで聞こえないように、拓実は自室へと消えた。

2

雲の隙間から射しこむ初冬の早朝の光は澄んでいて、天上から降りてくる竪琴《たてごと》の弦のように、薄い霧に包まれた山肌を照らす。

白い息を吐きながら、花菜はその荘厳な光景に目を奪われた。遠野に来てからかれこれ半年以上になるが、日々鮮やかに移り行く遠野の景色は、見飽きることがない。

冷えてきた指先を擦《す》り合わせて温めながら、花菜は仕事の準備をしに遠野農林の事務所のほうへ向かった。

花菜が山仕事をするようになって一番意外だったのは、春や夏より冬のほうが山仕事は捗《はかど》るということだった。作業を妨げる下草は枯れ、灌木《かんぼく》は葉を落としているし、林木自体も水分量が少なくなっていて、枝打ちや間伐には絶好の時期なのだ。

枝打ちは枝を落とし材に節が残らないようにすることで商品価値を高まるため、欠かすことのできない重要な工程だ。

梯子《はしご》状の器具であるラダーを使って五、六メートルの高さまで登り、余分な枝を落とす。ラダーは本当に梯子みたいなもので、根元を地面に差し込んで固定させるだけなので、上り下りする間はもちろん、枝打ちをしている間中、常にゆらゆらと揺れる。

はじめはその揺れと高さで膝が震えてしまっていたが、山々が茜や黄金の色に染まるころには、花菜も作業のコツを少しずつ掴んできていた。

それに冬季の作業で花菜が何より嬉しいのは、虫が少ないことだった。夏の間はとにかく蜂などの毒虫に注意が必要だったが、それを気にせずに済むだけでもずいぶんと楽だった。

「よーし、それじゃあ、そろそろ仕事始めようか。今日はなかなか霧が消えないから、あまり暗くならないうちに早めに上がるようにしよう」

いつものように昼食後の休憩を終えたあと、茂の号令で伊能班の面々は作業を再開した。

ペアで行動するのが定番になっていた拓実と花菜は、午前中に作業していた区画まで歩いて戻る。途中、大股《おおまた》で斜面を下って行く遠野農林のロゴ入りブルゾンの背中に、花菜は思いきって尋ねた。

「ねえ、拓実くん」

「んー？」

拓実は歩みを止めずに聞き返す。

「志織ちゃんのお兄さんの件って、このあとどうするつもりなのかなって思って」

それは午前中ずっと気になっていたことだった。正確には昨日志織が帰ってからずっと、小さな棘のように心の隅に引っかかっていたことだ。

あの押しの強い美少女と二人きりの車の中で何を話したのかも同じくらい気になったが、さすがにそれを口に出すのは躊躇われた。

「気になるのか？」

「そりゃそうだよ」

「どうして」

「どうしてって……」

直球の返しに、答えに窮《きゅう》して立ち止まる。

すると拓実も、数歩先で立ち止まった。

下り斜面の途中だったせいで、花菜が拓実を見下ろす形になる。

背の高い拓実と花菜の身長差は頭ひとつ分近くもあったから、ふだんは見下ろされてばかりだ。こういった角度で拓実の顔を見るのは初めてで、心臓の鼓動《こどう》が意味もなく早くなる。

「だって、もしかしたら大友さんには何か事情があるのかもしれないじゃない。ご両親も慌ててないんだったら、その事情を知ってるのかもしれないし。だから、拓実くんがあの妹さんの依頼を受ける必要ってあるのかな、ってちょっと思って」

「何を美里みたいなこと言ってんだ。それじゃまるで、おれが先輩の妹にほだされて引き受けたみたいじゃねえか」

「だって……」

違うの？

口をついて出かけた言葉をむりやり飲みこむ。

拓実のまなざしを感じて、花菜は反射的に黒いゴム長靴の足元に目線を落とした。そんな花菜の頭のてっぺんに向かって、拓実が容赦のない言葉を投げる。

「おまえ、意外と冷たいんだな」

「え？」

すぐには意味がわからなかった。

「それって要するに、おまえも『志織には構うな、大友先輩のことはほっとけ』って言いたいんだろ」

「わたし別にそんなこと言ってない」

「まったく。朝からずっと何か言いたそうな顔でこっち見てると思ったら、そんなことかよ」

タオルを巻いた頭をぼりぼり掻いて、拓実は大仰なため息を漏らした。

「大友先輩がどんな人で、どんな事情があるのか、おまえらは知らねえだろ。よく知りもしない人のことを、自分の都合とか憶測だけであれこれ言うもんじゃない」

拓実の口調は落ち着いて、淡々としていた。

言っていることも正論だった。

けれど、それでも今の花菜の神経をささくれさせるには充分な威力を発揮した。

「何、それ。さっきから黙って聞いてれば、そっちこそ好き勝手言いたい放題じゃない！」

「怒鳴るなよ。おれはただ、よく知りもしないでいろいろ言うのはよくないって言っただけだろ」

声を張り上げた花菜に、拓実はうるさそうに顔をしかめた。

その迷惑そうな表情に、花菜の胸のむかむかは募って行く一方だ。

そっちこそ、わたしのことなんか何にも知らないくせに、最初っから言いたい放題だったくせに。

「わかったわよ。人捜しでも物探しでも好きにしたらいいでしょ。でもわたし、もうついて行かない。お目付け役も返上するから」

振り絞るようにそこまで一気に言いきる。

あまりの剣幕に呆気に取られたように立ち尽くす拓実の横をすり抜けて、花菜はずんずん斜面を下っていった。

「あ、おい！　ちょっと待てよ」

途中、拓実の焦ったような声が背中に飛んでくるのを感じたけれど、花菜は立ち止まらなかった。

もし拓実が本気を出したら、花菜の足など簡単に追いつくだろう。けれどそれをしないということは、拓実がそうする必要はないと思っているからだ。

じわりと瞼《まぶた》の奥が熱くなる。

きっかけは社長に命令されたことだったとはいえ、『相談』を持ちこまれると無茶をしがちな拓実の『お目付け役』になってから、お互いの心の距離は少しずつ縮まっていたと思っていた。

それが花菜は、嬉しかったのだ。

裂けた胸の傷に涙がしみて、初めて気づいた。

でもそう思っていたのは、自分だけだったのかもしれない。

拓実が何気ないひとことをくれるたびに、その大きなあったかい手で頭を撫でてくれるたびに、いちいち舞い上がっていた自分がバカみたいだ。

花菜は歯を食いしばって、斜面を進んでいった。

がむしゃらに鋸《のこぎり》を往復させると、枝がばさばさと音を立てて足元に落ちていく。

初冬だというのに、首筋を汗がじっとりと伝った。時間を追うごとにどんどん濃くなる霧で、ブルゾンも前髪も湿っている。

襟元に巻いたタオルで顔から首筋にかけて荒っぽく拭い、花菜はラダーの上で深く息を吐いた。

「はーあ……」

軍手の奥の肌がじんじんと疼《うず》くように痛む。ここ数カ月の山仕事で手のひらの皮もだいぶ鍛えられて厚くなってきたが、さすがにこう無茶をしたら血豆ができたのかもしれなかった。

ふと周囲を見回すと、花菜のいる位置よりずっと上のほうの斜面で作業をする光吉と茂の姿が見えた。拓実の姿を見つけるまでには少しだけ探す必要があった。

彼は花菜の後方にいた。普段よりかなり広めに距離をとっている理由は、さきほどの喧嘩のせいだろう。

別に、わたしが悪いんじゃないもん。

もう一度汗を拭《ぬぐ》って、次の木に取り掛かるべくラダーを下りようと花菜はステップに足をかけた。

「あれ？」

自分の周囲を取り囲む景色が変わっていることに気づいたのはそのときだった。

枝打ちに夢中になっていたから気づかなかったのか、あたり一面、真っ白な霧に覆われてしまっていた。伸ばした指の先も見えないほどに濃密な霧だった。

「え、ええ？　何これ？　どうしよう」

ラダーにのったままで、花菜は懸命に周りを見回すが、自分が蝉《せみ》のように縋りついている木のてっぺんも見えない。ラダーの脚が刺さっているはずの地面すら、うっすら見える程度だ。

「社長さーーーん！　あのー、霧が凄いんですけど、大丈夫ですかー？」

声を張り上げる。

けれどその声さえも厚い霧の壁に吸い込まれて行くようだった。

花菜を包むのは、見渡す限り白一色で、音のない世界だ。それまでも雨や霧の中、山仕事をすることは多々あったが、これほどひどい霧に見舞われたのは初めてだった。

もしこのまま誰にも見つけてもらえなかったら、遭難してしまうかも――そう考えたら、ぞっとした。足の先から震えがくる。

「社長さーーん！　聞こえませんかー？　拓実くーーーーーん！　いないのー？」

自分を鼓舞するように、花菜は再び声を張り上げた。

リィン………、リィン…………

かすかに、音が聞こえた。

ハッとして思わず耳を澄ます。

リン……リイン……シャララン……

音は、次第に大きくなりながら響いてくる。

鈴の音のようだった。

たねが語ってくれた不思議な話を花菜は思い出していた。

遠野の山々では、周りには誰もいないはずなのに鋸引《のこび》きの音が聞こえたり、バリバリバリドーン、と木が倒れる音まで聞こえることがあるという。また、ドーン、ドーンと太鼓のような音も聞こえることがあるというのだ。

これも、それらと同じものなのだろうか。

視界が奪われた状態で、やみくもに動いたら危険だと頭ではわかっているのに、今すぐにでもここから逃げ出したかった。

さきほどまで、花菜の位置からもっとも近いところにいたのは拓実だった。あれだけ不機嫌だったことも忘れて、今すぐ拓実の傍に行きたくてたまらない。

「拓実くーん、どこー？」

口元に手を当てて、力の限りに呼んだ。

けれどやはり、返事はない。

不安で鼓動が激しい。じわりと涙がにじむ。

再び花菜が叫ぼうと腹に力をこめたときだった。

すぐ後ろで、かさりと枯れ草を踏む音がする。

「拓実くん!?」

不安定な状態で、勢い込んで花菜は振り返った。反動でラダーが竹のようにしなり、慌てて幹にしがみつく。

濃い霧の中で、ゆらりと灰色の影が動く。踏まれた枯れ枝が折れて、乾いた音を立てた。

そこにいたのは、拓実ではなかった。

霧の帳の向こうから現れたのは、巨大な黒い獣だった。

野良犬……？

咄嗟にそんなことを思ったが、すぐにそんなことはありえないと思い直した。

そのあたりにいる野良犬だったら、体高はせいぜい花菜の股座《またぐら》くらいだろう。

しかし今、花菜の目の前に現れたものは遥かに大きい。

まるで馬のような大きさだった。

つややかな黒い毛に覆われた顔に並ぶ金色の双眸《そうぼう》が、花菜をじっと見据えている。

薄く開かれた口の隙間からは赤い舌がだらりと垂れ、鋭い牙《きば》がのぞいていた。

『おまえが、あの男の番いか……』

聞こえてきたそれが、目の前の巨大な獣から発せられたものだと気づくのに、少しの時間を要した。

「え？」

『おまえが、あの男……伊能拓実の番いかぁ……？』

番い？

花菜は息を飲んだ。

緊張と恐怖で口の中はからからに渇いている。

番い？　番いって、夫婦ってこと？　それにこれって、この大きな犬みたいなものがしゃべってるの？　それに今、確かに拓実くんの名前を言った……

『答えないということは、認めてるということだな……』

ひときわ低い声でそうたたみかけられて、花菜はびくりと竦んだ。

はずみでまたラダーが大きく揺れて、落ちないように必死で幹にしがみつく。

「ち、違います。わたしは拓実くんのそんなんじゃ——」

『ほう、われらを謀《はか》ろうというのか？』

「違います！　本当にそんなんじゃ……。わたしはただ、拓実くんのところでお世話になっているだけで——」

涙のしみこんだ傷はまだ乾ききっていなくて、ひりひりと痛んだ。拓実にとって自分はただの居候であって、特段なにものでもないのだと思い知らされるようで、苦しい。

『まあ、よい。われらは己が目で見たものしか信じぬ』

黒い獣は口のまわりを舐めた。

『あの男に伝えよ。これ以上われらの縄張りを荒らすと、恐ろしいことになると』

獣がずいと、一歩を踏み出した。

思わず花菜は後方へ身を引く。けれど後ずさりした先にステップはなく、花菜の体は斜面に投げ出されていた。

いったいどこまで落ちたのか、わからない。

さらさらとかすかな水音が聞こえて、花菜は意識を取り戻した。

顔も体もむきだしになっている部分は細かい傷だらけだった。

体を起こそうとすると、左手首に鋭い痛みが走り抜けて、花菜は小さく悲鳴を上げる。斜面を転がり落ちた際に、捻るか打つかしてしまったらしい。

本来、枝打ちは安全帯をつけて行うが、この日の花菜はいらいらしていてうっかり安全帯をつけるのを忘れてしまっていた。それが功を奏したのか致命傷となるかはわからないが、あの場から離れることができたのは事実だった。

見える範囲にあの獣の姿はいない。

花菜を追うのは諦めたのか。それとも目的は果たしたから帰っていったのか。

霧はやや薄くなってきていたとはいえ、完全に晴れてはいなかった。見上げても、拓実や茂たちの居場所はわからなかった。

どちらにせよこのままじっとしていたのでは救助は望めない。それどころか、もし先ほどの獣が自分を追ってきていたら——もし拓実たちが襲われていたらと思うと、生きた心地がしなかった。

だから不意に肩を叩かれたとき、花菜は咽喉が裂けそうになるほど悲鳴を上げた。

「び、びっくりしたあ」

顔をしかめてそう言ったのは、拓実だった。

「おいおい。おまえ、おれの鼓膜《こまく》を破る気か？」

「拓実くん……」

花菜はぽかんとした。

「お、おい、大丈夫か？　頭打ってるわけじゃないよな？」

花菜の反応の鈍さに不安になったのか、拓実は細かい枝葉の絡まった花菜の頭をそっと撫でる。

その手の大きさとあたたかさに、それまで必死に抑えていたものが溢れ出た。

ぶつかるようにして、拓実のブルゾンの胸に飛びこむ。

「お、おい」

頭の上から焦ったような拓実の声が降ってきたが、花菜は無視した。

額をぐりぐりと拓実の胸に押し当てて、拓実の体温を感じると、鼻先をふわりと拓実の匂いが漂った。

それが花菜をひどく安堵《あんど》させた。とうとうこらえきれずに嗚咽が漏れる。

怖かった。ものすごく怖かったのだ。

「仕方ねえなあ」

小さな舌打ちのあとで、ふわりとあたたかいものに包まれた。

ぐずる幼子をあやすように、拓実の大きな手のひらが花菜の背中を叩く。

ぽんぽんと、やさしく、くりかえし。

バカ。

心の中でだけ呟いて、花菜はまた拓実の胸に額を押し当てた。

3

額にひやりと冷たい感触を感じて、花菜は目を開けた。

「あ、わりい。起こしたか？」

そう言う拓実の手には、干物のように乾ききった冷却シートが握られていた。新しいものと交換してくれたらしい。

「ううん、大丈夫。ありがとう」

素直な言葉と笑みがこぼれる。

照れからか、拓実は口の中で何かもごもごと早口で言って背を向けると、乾いたシートをゴミ箱に投げ入れた。

拓実と花菜が合流してまもなく、濃密に山肌を覆い尽くしていた霧は消え、代わりに土砂降りの雨になった。あとになってから聞いたところでは、茂や光吉はおろか、すぐ傍にいた拓実でさえも、花菜の叫びは聞こえていなかったらしい。

帰宅してから、花菜は熱を出した。

ラダーから落ちた際に痛めた左手首はぱんぱんに腫れていた。顔や手についた擦《す》り傷も、赤くみみず腫れになっていた。

脈打つような顔の痛みは、鏡を見るのが怖くなるようだった。

痛み止めを飲んで自室でちょっと横になっている間に、疲れから本格的に寝入ってしまったらしい。カーテンの隙間から見える空は暗い。滝のような雨の音が続いていた。

拓実はずっと花菜の傍についていてくれたのか、胡坐をかいていた足には赤く跡が残っていた。

花菜がぽつぽつと語る獣の話を、拓実は黙って聞いていた。もちろん番い云々《うんぬん》のところはさすがに言えず、そこだけは隠して話したのだが。

すべて聞き終わっても、拓実は顎に手を当てて、何かじっと考えこんでいるようだった。

「拓実くん、あの犬みたいな動物のこと、知ってるの？」

拓実はちらっと目だけを動かして花菜を見た。

「いや、知ってるっていうより聞いたことがあるって言ったほうが近いけどな」

「聞いたこと？」

「たぶん、そいつは野良犬なんかじゃない。狼だ」

「狼!?」

花菜は目を見開いた。

「狼って、この辺にいるの？」

「いや。日本の固有種のニホンオオカミは既に絶滅してしまっているといわれている。けど明治時代のころまでは、遠野でも狼を見たとか見ないとかいう話があったらしい。だから案外山奥のどこかでひっそり暮らしてるかも、とは思ってたんだ」

「ちょ、ちょっと待ってよ。じゃああれが本物の狼だっていうの？」

「いいや、大きさからしてそれはないだろ」

いまいち拓実の話の先が読めない。

花菜は枕に頬をあずけたまま、首を傾げた。

「経立《ふったち》って、聞いたことがあるか？」

「ううん。ない」

「経立っていうのは、動物などが長い年月を経て人語を解するようになった存在だ。まあ妖怪みたいなもんだな。狼の経立の場合は、山狗《やまいぬ》とも呼ぶな」

「そ、そんな怖いこと、さらっと言わないでよ」

「おれだってできたら考えたくないけどな。ふつうの動物がしゃべったりするか？」

頭がおかしくなりそうだ。花菜は酸欠の金魚のように赤い顔で口をぱくぱくした。

見下ろす拓実がぷっと小さく吹き出す。

「どうした？　変な顔になってるぞ」

「変な顔で悪かったわね。……でも、拓実くん、どうしてそんなに落ち着いてるの？」

「おれ？」

花菜は頷く。

「さっきから拓実くんの話を聞いてると、いちいちびくびくしてるわたしのほうが変みたい。社長さんとかおばあちゃんも、みんな拓実くんと同じなの？」

「それはどうだろ。おれがちょっと特殊なんだろうな」

拓実は腕組みして天井を仰いだ。

「おれ、よくこういう目に遭う体質みたいなんだよな」

「……それって、あの河童のこと？」

「いいや。もっと前からさ」

拓実は腕を解いて座りなおす。

「今後のこともあるから、おまえには一度ちゃんと話しておいたほうがいいだろう」

そして、ゆっくりと語り出した。

＊　＊　＊

それは、拓実と姉の実乃里が五歳のときの冬のことだった。

伊能家の近所に彼らと同年代の子どもはおらず、友だちと遊ぶには隣の集落まで行く必要があった。

冬の陽が落ちるのはひどく早い。遊び友だちの家を出たときはまだ明るかったのに、周囲はあっという間に暗くなってきた。

「たっくん、走ろ。暗くなっちゃう」

「うん」

実乃里が手を伸ばし、拓実は頷いてその手を取る。

二人は小走りになった。陽が落ちる前に帰りつかないといけない。

遠野では、小正月《こしょうがつ》——旧暦《きゅうれき》の一月五日——の夕暮れ以降には、外を出歩いてはいけないといわれている。

夕暮れから深夜にかけての時間帯は、山の神さまが山から下りてお遊びになるとされていて、その姿を決して見てはいけないとされていた。

現代ではもう廃《すた》れてしまったが、遠野では昔、小正月に子どもたちが集団で近所の家々をまわり、餅などをもらう風習があったという。その行事の帰りに仲間からはぐれてしまったひとりの少女が、うっかり言いつけを破って山の神の姿を見てしまい、長く病みついたという話が里には残されていた。

祖母からたくさんの話を聞いて育った二人は、その話を覚えていたのだ。

「暗くなってきちゃった。怖いよう」

「泣かないの。さっ、早く早く」

べそをかきはじめる弟の手を引いて、実乃里は大股にぐんぐん歩いていく。

子どものころ、拓実は女の子と間違われるくらいに華奢でおとなしい子だった。しょっちゅう風邪をひいては寝込み、幼稚園も休むことが多かった。

そんな弟と対照的に姉の実乃里は快活《かいかつ》で、外遊びが好きでいつも真っ黒に日焼けしている女の子だった。同年代の男の子たちから、拓実がからかわれたりいじめられたりするたびに庇ってくれたのも実乃里だった。

先を急ぐ二人の気持ちとは裏腹《うらはら》に、周囲はどんどん暗くなってくる。しかもまわりの景色がよく見えないと思ったら、いつの間にか霧まで出てきていたのだった。

そのうちに、どーん……どーんという太鼓のような音が聞こえてきた。

「おねえちゃん、何か音がするよう」

「いいから走って」

拓実の手を実乃里が強く引いたときだった。

ぎくりとして、実乃里が立ち止まる。勢いを殺しきれずに、拓実はその背に顔からぶつかった。鼻を打った痛みで、涙がにじむ。

「痛いよう。おねえちゃん、どうしたの？」

そのとき肩越しに振り返った実乃里の青ざめた顔を、今でも拓実は忘れることができない。どうしたのかと、姉の体の横から前を見た拓実も同じように言葉を失った。

霧の中から現れたのは、見たこともない男だった。

驚くほど背が高い。

拓実たちが知っているまわりの大人たちと比べても、その倍はあった。

そして顔は朱漆《しゅうるし》でも塗ったように真っ赤で、目は夜行性動物のようにらんらんと輝いていた。着ているものはぼろぼろで、衣服というよりは布切れに近い。

拓実はぶるぶる震えながら、実乃里の着ていた淡いピンク色のセーターの袖を握りしめた。

そんな弟を背に庇い、歯を食いしばって、実乃里は毅然《きぜん》と前を向いていた。

「おやあ、こんなところにわらしっこがいだぞ」

艶い顔の大男は子どもひとりくらいはやすやすと飲みこめそうな大きさの口を開いて、がらがらと笑った。

その迫力に、ふたりの子どもはびくっと身を縮こまらせる。

「あ、あたしたちを、食べちゃうの？」

必死に怖さを我慢した涙声で、実乃里は尋ねた。

するると大男はきょとんとした顔をした。そしてまたがらがらと、大岩が転がるような声で笑ったのだ。

「いいや、かねえ（食わねえ）。それよりわらしだづ、おれと遊ばねが？」

大男は子どもたちの目線と合う高さまで屈んで、にいっと目を細めた。

実乃里と拓実はきょとんとした。そんなことを言われるとは思っていなかったのだ。

でもこのころになると、ふたりともなぜか怖いという気持ちは消えてしまっていた。

ふたりはくっつき合ったまま、おそるおそる頷いた。

すると大男は、木の実でも摘むような気軽さでふたりをひょいと摘み上げると、左右の肩にそれぞれ乗せた。そして次の瞬間、笑いながら飛ぶような速さで駆け出した。

「きゃあああーーーーー！」

「うわあーーーー!!」

最初こそ、大男の衣に必死の形相でしがみついていた二人だが、やがてその速さに慣れてくると、がぜん楽しくなってきた。

大男はひとまたぎで霧を抜け、拓実たちの家の方へ向かってどんどん飛んで行く。

しかし、滑るように空を駆けていく大男と拓実たちに、集落の人々は誰も気がつかない。当時、まだ一緒に住んでいた母と近所のおばさんたちが、家の石垣へと続く砂利道で立ち話をしているのが見えた。

その上も飛び越えて、遥か山の上に踊り出た。

山々は黒い影絵のように浮かび上がり、藍色に染まりつつある空には、星たちが輝き始めていた。

大男は風になり、山々を越えて、今度は海の上に出た。

漁をする船たちの灯りが、天に瞬く星々のようにきらめいている。

町の灯りも、大地できらめく星のようだった。

そのころ、集落は大騒ぎになっていた。拓実と実乃里の感覚では、ほんの数十分の冒険だった。けれど実際には、拓実たちと実乃里の姿が見えなくってから、丸一日が経とうとしていたのだ。

誘拐《ゆうかい》だ、いや山道から落ちたのかもしれないなどと、さまざまな憶測が飛び交っていた。

そんな喧騒《けんそう》のさなかに、ひょっこりふたりは戻って来たのだった。

呼ばれていた警官はもちろん、家族や近所の住人たちはみな仰天した。そして、ふたりから経緯を聞いた人々は、それはきっと神隠しに違いないと口々に言ったのだった。

けれどそれだけでは終わらなかった。

ふたりの身に起こった異変に気づいたのは、幼稚園の先生だった。

先生がほかの園児を捜していると「○○ちゃんならあそこにいるよ」、倉庫の中で探し物をしていると「先生、あそこだよ」などと、ふたりとも笑ってどこかを指さすのだ。しかもそれはことごとく当たっていた。

人の口に蓋をすることはできない。ましてや小さな町のことだ。ふたりの噂はあっという間に広まった。そんな彼らを頼って、遠くから相談に訪れる人まで現れるようになった。

両親はだいぶ対応に悩んだらしい。

けれど当の本人たちは褒められるものだから嬉しがるし、周りも「おたくの子どもらは凄いねえ」「さずかりものだねえ」などと言うものだから、ついつい持ちこまれる相談を受け続けてしまったのだった。


花菜は言葉を失って、拓実を見上げていた。

「何だよ、ぽかんとして」

「そりゃ、ぽかんともするよ。……神隠しって、そんな感じなんだあ。凄いなあ」

「ああ、すごかったよ。後にも先にも、あんな体験は二度とできないだろうな」

「拓実くんの話を聞いてたら、わたしも神隠しされてみたくなっちゃった」

「やめとけ。まっとうな人生歩みたかったらな」

花菜がまだ言い終わらないうちに、その語尾に被せるようにぴしゃりと拓実が言い放つ。

思わず言葉を切った花菜が見上げた拓実の顔には、深い影が落ちていた。

「でも、拓実くんはまっとうな人生歩んでいるように見えるよ」

それは深い意味もなく口にした言葉だったが、拓実はくしゃりと悲しげに顔を歪ませた。

今にも泣きそうな笑顔だった。

「そのせいで、おれは人を殺したことがあるって知っても――まだ同じことが言えるか？」

咽喉の奥に氷の塊《かたまり》を挿しこまれたように、体が冷えた。

拓実くん、今、何を言ったの？　人を殺した……って、言ったの？


拓実は悲しい笑顔のまま花菜の顔を見下ろして、静かに頷くと話を続けた。

そんな伊能家の悲劇の始まりは、日曜日の夕方に伊能家にかかってきた一本の電話だった。

「はい、はい。え、ええっ!?　うちの子たちがですか!?」

電話を取った母の声が裏返る。

「何だ、何だ。どうしたんだ？」

話し終えて電話を切った妻に、茂が尋ねた。子どもたちも興味津々でその足元にまとわりついている。

「東京のテレビ局の方からだったわ。実乃里と拓実に、テレビに出てほしいんですって」

「えええーーっ？」

「わーい、テレビ、テレビー！」

子どもたちはもうわいわいと大騒ぎだ。そんなふたりの頭を撫でながら、母は困ったように、けれどどこか誇らしげに笑った。

「ふたりの神隠しの話を特集したいんですって。ほら、最近多いでしょ。超能力者が行方不明者を捜したりするような番組。その中にスーパーキッズってことで、うちの子たちみたいな凄い子を紹介するコーナーがあって、そこに出てほしいって電話だったの」

「そりゃあ凄い！　おまえたち、スターだぞ！」

「わーい、スター、スター！」

茂の両腕に実乃里と拓実はぶら下がってはしゃぐ。

拓実たちがちょうど小学生くらいのころは、日本中が一億総オカルトブームといってもいいような時代で、テレビは超能力者や霊能力者ものの番組を数多く流していた。

超能力捜査と称して行方不明者を捜索したり、念写《ねんしゃ》や透視《とうし》、はたまた除霊《じょれい》などをしてみせたりするのだ。

どこからか拓実たちの噂が関係者まで伝わって、お呼びがかかったらしかった。

「さあ、次はスーパーサイキックキッズのコーナーです！　伊能実乃里ちゃん、拓実くん、どうぞ！」

司会者に仰々しく紹介され、撮影スタジオの中央に姉弟は引き出された。

七五三のように着飾ったふたりに、聴衆とゲストのタレントたちが注目する。がちがちに緊張する拓実に対し、実乃里はいつものように落ち着いていた。

「おふたりは遠野物語で有名な岩手県遠野市からやってきました。遠野では神隠しに遭うと、不思議な力が備わるという言い伝えがあります。何とふたりは実際に神隠しに遭ったそうなんです！　では、再現VTR《ブイティアール》はこちら！」

司会者の言葉に従って、神隠しの様子を再現したビデオがモニターに映される。

それはふたりからするとかなり誇張されたものだった。

けれど、内容についてあれこれ言っちゃだめだと事前に番組スタッフからきつく念を押されていたから、口を噤んでいた。

「さあ、それではいよいよ実乃里ちゃんと拓実くんが挑戦するミッションです！　依頼人、どうぞ！」

拓実と実乃里の前にやって来たのは、番組の募集で選ばれたという、ひとりの男性だった。

歳は三十歳くらいか。きちんとしたスーツに身を包んで、清潔な印象だった。

「ぜひ、見つけていただきたい方がいるんです」

男性は笑顔で語った。その人がたった一つ残していったという花柄のハンカチを差し出しながら。

「名前も年齢も知らないんですが、ぼくが困っているときに助けていただいた方なんです。あの方がいなかったら、今、ぼくは自ら命を絶ってしまっていたかもしれません。ぼくを救ってくださったあの方にお礼が言いたいんです。どうか捜してください」

＊　＊　＊

「だけど、全部嘘だったんだよ」

前髪を掻き上げた拓実は、絞り出すような声を出した。

「命の恩人？　名前も年齢も知らない？　そんなの何から何まで大嘘さ。だってあいつが捜してたのは、あいつの元恋人だったんだ。あいつの身勝手な暴力に耐えかねて逃げ出した、女の人だったんだよ」

ぐしゃぐしゃと前髪を掻きむしって、拓実は言葉を落とす。

「だけど、おれも姉貴もそんなことなんか知るはずがなかった。だから無邪気に力を使って頑張って——あいつから逃げてひっそりと隠れていたその人を、とうとう見つけてしまったんだ」

ひやりとしたものが、花菜の背筋を撫でた。

「あいつは、元恋人が出かけている間に、その人が隠れ住んでいたアパートの窓を割って侵入して、じっと帰りを待っていた。そして夜遅く帰ってきたその人を、持ってきた包丁で刺したんだ」

拓実の声は震えていた。

花菜は拓実の手にそっと自分の手を重ねる。いつもは温かいその手は、氷水に浸《ひた》していたかのように冷えきっていた。

「騒ぎを聞きつけた近所の人が警察に電話して、駆けつけた警官にそいつは逮捕された。元恋人は救急車で病院に運ばれ、かろうじて命は助かった。けれど……そのおなかには、そいつとの間にできた赤ん坊がいたんだ」

拓実の細く、長いため息だけが響く。

「その赤ん坊は、助からなかった」

あの絶い顔の河童を見たときの拓実の反応を、花菜は思い出す。

大人たちの都合で、密かに闇へと葬《ほうむ》られた赤子たち。

苦しかっただろうに。もっと生きたかっただろうに。

「その事件後、親父もおふくろも、テレビの話はいっさい受けなくなった。でも、それだけではおわらなかった。今度はおれたちのことを責めたり脅したりするような電話が、家にひっきりなしにかかってくるようになったんだ。この一連の出来事で一番まいったのはおふくろだった。ある日、おふくろは用事があるからと言ってふらりと実家に帰って、それっきり戻って来なかったのさ」

拓実は深く息を吸いこんだ。

「これでわかったろ。おれは人殺しなんだ。それに、おれのせいで家族もばらばらになった」

「……違うよ、拓実くんのせいじゃない。伊能のみんなだって、誰一人そんなこと思ってないよ！」

困ったやつだな、と拓実は口の中で呟く。

「おれみたいなやつには、あまりかかわらないほうがいい。ろくなことにならないぜ」

「でも、わたしは拓実くんのお目付け役だし」

「おまえ、それは辞めたって言ってただろ」

「気が変わったの」

「まだ懲りてないのか。うちに来てから今までさんざんな目に遭っただろうが」

「平気だもん」

拓実は息を吐いて髪を掻き上げる。いらいらしたときの癖だ。

「あのなあ。今日だって、おれに関わったからこんなケガしたんだぞ。そこんところ、ちゃんとわかってるのか？」

「わかってるよ。そりゃ、すごく怖かったけど……」

「ぜんぜんわかってない。経立はゴンゲサマや河童とは違うんだぞ」

苦笑いでぽんと頭を叩かれた。

「とにかく、おまえは何にも考えないでいいから、おとなしく寝とけ」

「あっ、ちょっと待ってよ。まだ――」

「ああ、それからこのことは誰にも言うなよ。もしぺらぺらしゃべったら次の枝打ちノルマ三倍だからな」

花菜が言い終わらないうちに拓実は立ち上がり、部屋から出て行ってしまったのだった。

4

遠野農林株式会社が所有する厩舎《きゅうしゃ》は、事務所から車を三十分ほど走らせたところにある。その厩舎が昨夜のうちに荒らされて、乳牛が一頭殺されたという連絡が茂の携帯に入ったのは、一家が朝食をとっている最中のことだった。

「野犬の仕業《しわざ》らしい。まいったよ」

ようやく午後になって事務所に戻ってきた茂は疲れた顔でそう言った。

同行した拓実は口数も少なく、事務所のソファに身を沈めて、事務の女性が淹れてくれた茶をちびりちびりちびりと舐めている。

この日はもちろん、伊能家の面々の山仕事は休みになった。

「拓実くん……ちょっと」

拓実がひとりになったときを見計らって、花菜は拓実の袖を引いた。事務所の片隅、ひとけのない通用口付近まで引っ張っていく。

「そんな顔すんなって。親父も言ってただろ、ただの野良犬さ。可哀想《かわいそう》だけどな」

拓実はそう言うが、昨日の今日だ。山狗がやったのではないとどうして言いきれるだろう。ましてや山狗の狙いは最初から拓実なのだ。

花菜の中で不安だけがどんどん膨《ふく》らんでゆく。

「それよりおまえ、そのケガであんまり動きまわるなよ。甘く見てると、あとで痛い目に遭うぞ」

「大丈夫だよ」

拓実は鼻を鳴らした。

「ほんっとーにおまえは、言い出したら人の話を聞かないやつだな」

「何よ、今ごろ気づいたの？」

花菜も負けじと鼻を鳴らす。

「拓実くん、行者さんからもらったお札を持ってたでしょ？　あれってまだあるの？　山狗にも効かないかな」

「さあ、どうだろ。山狗はこのあたりじゃ山人と同じように山の神の眷属《けんぞく》っていわれてるからな。行者の力ってのは、山の神の力を借りてるようなもんだから、身内にも効くかどうかはわかんねえな」

「そうなんだ……」

花菜はがっくりと肩を落とす。

せっかくいい思いつきだと思ったのに。

「でも山狗は、どうして拓実くんを狙うのかな」

「ああ、それなら本人が言ってたんだろ。おれがあいつの縄張りを荒らしたからだよ」

「荒らした、って……拓実くん、まさか本当に何かしたの？」

「仕事が休みのときなんか、姉貴を捜すために普段の山仕事では入らない辺りまで入ってた。たぶんそのとき、知らないうちにあいつらの縄張りまで踏みこんでたんだろう、そんなことじゃないかと思ってる」

まるでひとごとのような口ぶりだ。そのことに花菜はひどい違和感を覚えた。

「拓実くん、何だかちょっと変だよ」

「はあ？　おれのどこが変だっつうんだよ」

確かに拓実は山狗を直接見ていないし、言葉も聞いていない。けれど、花菜など比べものにならないくらいに遠野の山々や文化、この地に息づく人ならざるものたちに精通しているはずの拓実が、どうしてこんなふうに落ち着いていられるのか、花菜にはずっと引っかかっていた。

「山狗のこと、これからどうするつもり？　このままだとまた――」

「おまえもくどいな。牛の件は野良犬だって言っただろ？　地元の猟友会《りょうゆうかい》も見回りに動いてくれるそうだし、おれたちの出る幕はないさ」

「話を逸《そ》らさないで」

ついつい口調に棘が生える。

「おまえなあ。さっきから、何をいらいらしてるんだ？」

「何だか拓実くん、わたしをうまく騙《だま》そうとしてるみたいなんだもん」

「人聞き悪いこと言うなよ」

「だってそうじゃない。拓実くん、何を企《たくら》んでるの？　山狗のこと、どうするつもり？」

「だから、それはおまえが気にしなくてもいいって言っただろ。おれにはちゃんと考えがあるんだからさ」

「じゃあ教えて、その考えって何？　お目付け役のわたしに言えないようなことじゃないよね？」

花菜は食い下がった。

「まったくもう、ごちゃごちゃうるせえなあ」

「ごまかさないで。どうせ、誰にも言えないようなこと考えてるんでしょう。言ったら反対されるから」

「そんなわけあるか。考えすぎだ、バーカ」

むっつりと不機嫌な顔の花菜を残して、拓実は通用口から出て行ってしまったのだった。

＊　＊　＊

「あれっ花菜ちゃん、家にいたの？」

少しだけ横になるつもりが、うつらうつらしてしまっていた花菜は、戸口から聞こえてきた美里の声で飛び起きた。

「ごめんね、起こしちゃった？」

「ううん、大丈夫。ちょっと横になってただけだから」

「調子はどう？」

言いながら部屋に入ってきた美里は、まだ制服のままだ。

「じゃあさっきのいったい何だったんだろ。おっかしいなあ」

美里は顎に手を当てて首を傾げている。

「おかしいって、何が？」

「さっき、お兄ちゃんが花菜ちゃんを迎えに行くって言って、軽トラで出てったのよね――」

花菜は弾かれたように布団から飛び出していた。

寝起きで急に動いたものだから、ガッターンと派手な音を立ててドアにぶつかる。

「ちょ、ちょっとどうしたの、花菜ちゃん」

「教えて美里ちゃん、拓実くんはどこに行ったの？」

「そんなの、わかんないよ。あたしだって、てっきり花菜ちゃんを迎えにどこかに行ったんだと思ってたんだもん」

花菜の剣幕に、美里が怯えているのがわかったけれど、今の花菜にはそのことを気遣う余裕はなかった。

窓の外に広がる空はもうすっかり陽が落ちている。

このタイミングで、家族に嘘をついてまで拓実がひとりで出かけていく理由に、ひとつしか心当たりがなかった。

花菜は玄関に向かって駆け出し、フックにぶら下がっていた軽トラのキーを引っ掴む。いつも茂たちが乗っているほうのキーだ。

拓実と花菜が乗っているほうのキーはなかった。拓実が乗って行ってしまったからだ。

茂たちの車を運転したことはないが、今はそんなことを気にしている時間はない。

「いきなりどうしたの？　花菜ちゃんケガしてるんだよ？　無理しちゃだめだよ」

慌てて追いついてきた美里が花菜の腕を引く。

花菜はふるふると首を横に振った。

「わたし、行かないと……」

「行くったって、どこに？」

「ごめん！　帰ってきたら話すから！」

裸足にスニーカーをつっかけ、パジャマ代わりのジャージのまま玄関を飛び出す。

手首の痛みをこらえて、花菜は庭に停めてある白い軽トラへと突進した。

家を出てしばらく走ると、道はすぐに未舗装になる。

街灯はすぐに一本も見当たらなくなり、道の片側は沢へと続く急斜面になった。対向車が来たらすれ違うのに難儀するような細い道だが、仕事の行き来で慣れている。

しかし、完全に陽が落ちてから、しかもひとりで走るのは初めての体験だった。拓実が向かったらしいと美里に聞いた方角へ向かって走っているものの、山道は幾つも分岐している。拓実の後を追えているのかどうかはわからない。

不安で鼓動が激しくなる。

拓実くん……まさか、自分が山狗に喰われれば丸く収まるなんて思ってないよね？　きっと、何か作戦があるんだよね？

咽喉の奥から熱いものがせり上がってきて、息が苦しい。

でも今は泣いてる場合じゃない。花菜は手の甲でぐいっと目を擦《こす》った。

斜面がきつくなってきて、がくんとスピードが落ちた。ペダルが床につきそうなくらい、アクセルを踏み込む。

そのときだった。

ライトに照らされた前方に、ゆらりと白い影が現れる。

花菜は反射的に、強くブレーキを踏む。

けれど間に合わず、ドン――と鈍い衝撃があった。

5

花菜はハンドルに突っ伏したまま、はあはあと息をついでいた。

咄嗟のことだったから、あの白い影が人か動物かそれ以外すらわからなかったが、何かにぶつかったのは確かだ。

心臓が口から飛び出してしまいそうにどくんどくんと胸の中で暴れている。

花菜はおそるおそる顔を上げた。

しかし、フロントガラス越しに広がる光景は、車のライトに照らされて浮かび上がった夜の森のそれだった。

ほっとすると同時に、背筋が冷えた。

あまりに一瞬のことだったけれど、視界を白いものが横切ったのは確かだし、衝撃があったのも確かだ。

いったいあれは何だったのだろう。

気になるが、とても車を降りて確かめる勇気はない。

「まあ、いいや。このまま行っちゃおう。こんなところでぼやぼやしてる時間はないし」

半ば自分に言い聞かせるように呟いて、アクセルを踏み込もうとしたそのときだった。

コンコン、と運転席側のガラスを何者かが叩く。

全身の毛がいっせいに逆立った。

音がした方に目を向けた花菜が見たのは、白い衣を纏った若い男の姿だった。

男はにっと笑う。

「きゃあああああああああーーーーーーーー！」

花菜はハンドルを握ったままあらん限りの力で絶叫していた。

「ど、どうしてこんな時間にこんなところにいるんですか？　びっくりしたじゃないですか!?」

「そりゃ、ぼくは山伏だからね。修行に時間は関係ないから」

夜の山道で花菜の乗る軽トラに接触してきたのは、鈴掛に脚絆、そして錫杖という行者姿の青年だった。

「それより、さっき車にぶつかりませんでした？　体は大丈夫なんですか？」

「ああ、平気、平気。ちゃんと受け身取ったから」

恐怖と安堵でたたみかけるように早口でまくしたてる花菜に、青年は端正な顔に人懐こい笑みを纏って、しれっと答えた。

見た目は花菜と同年代くらいで茶色の髪をしたその青年は、各地の霊山を巡って修行している行者——つまり山伏なのだという。

彼いわく、たまたま近くを通りかかった花菜の車に気づいて、集落のあるあたりまで乗せてもらおうと思って呼び止めたらしい。

呼び止め方が常軌《じょうき》を逸《いっ》しているとか、おかげでこっちは心臓が止まりそうになったとか、修行している山伏がヒッチハイクしていいのかとか、そもそも言っていることが本当かどうか疑わしいとか、言いたいことはそれこそ山のようにあったが、今はそんなことに構っている場合ではない。藁にも縋る思いで花菜は山伏を助手席に乗せて、軽トラを発進させたのだった。

「まったく、無茶するよなあ」

花菜の話を聞いた山伏は、暢気《のんき》にも聞こえる口調で腕組みをした。無茶の度合いで言うならこの青年もいい勝負だ。

「そいつはおそらく送り狼だ」

「送り狼？」

花菜の頭の中に咄嗟に浮かんだのは、コンパのあとで女性をお持ち帰りしてよからぬことをしてしまう男性の姿だった。

「あー……花菜ちゃんが何を考えているのかだいたいわかるけど、人間の男性を指していう送り狼ってのはね、もともと経立のような狼の妖怪が語源なんだよ」

「えっ、送り狼って妖怪なんですか？」

「うん。夜に山道や峠道を歩いていると、あとをついてくるって言われてるんだ。もしそのときに怖がったり、怯えて逃げようとして転んだりすると、たちどころに食われてしまうって伝わっているね。ただし、正しいやり方で対応するとむしろ逆に山中の獣に襲われないように守ってくれるようになるともいわれているんだ」

「でも、恨まれて狙われているってことは、拓実くんが正しい対処をしなかったからってことですよね？」

うーん、と山伏は腕組みのまま唸った。

「たぶんね。ただ気になるのは、もし本当に間違った対処をしていたのなら、もうとっくの昔に食い殺されてしまっているはずなんだ」

「あっ」

それを聞いて、花菜は思い出した。

「どうかした？」

「わたし前に、拓実くんに山伏さんのお札って山狗にも効かないかなってきいたことがあるんです。そしたら拓実くん、山伏の力も山狗も結局は同じ山の神のものだから、身内には効かないんじゃないかって」

「いや、そういうことはないよ。同じ山に棲むもの同士でも、勝敗を決めるのは純粋に力の強弱だ」

山伏は人差し指を立ててにっこりと笑う。

「ただ、今の言葉には重大なヒントが含まれている。いい線いってるよ」

「え？　どういうことですか？」

「花菜ちゃんは、彼が神隠しに遭ったときの話を聞いたんだよね？」

「はい」

「彼が物や人を見つけられるのは、山の神と遊んでその力を身につけたからだ。ここから先はぼくの勘でしかないけど、彼と山狗ではおそらく彼の力のほうが、神に近い分だけ上位なのだと思う。だから山狗は拓実に直接手を出したくても出せないんだ」

花菜は急激に視界が開けてくるような気がした。

それまで鬱々《うつうつ》と考えていたのが嘘のようだ。

拓実は折に触れ「おれは探し物ができるだけで、怪異のプロじゃない」とか「怪異はプロにまかせておいたほうがいいんだ」と言っていた。その意味が、ここに来てやっとわかったような気がした。

不意に、それまで饒舌だった山伏が前方を見据えたまま口を噤んだ。

「どうしたんですか？」

「どうやら、もうひとり連れて行ってほしい方がおいでのようだ」

「えっ」

山伏の視線の先、白いライトの輪の中に、小さな人影が現れた。

再び花菜はブレーキを踏む。

けれど今回は先ほどと違って事前にわかっていた分だけ、落ち着いていた。

狭い林道の真ん中に立っていたのは、ピンクのセーターを着た少女だった。何かをその胸にしっかりと抱いている。

「ひめちゃん！」

花菜はばたばたと車を降りた。

「ひめちゃんお願い、拓実くんを助けて！」

ひめの元に詰め寄った花菜はその袖に取り縋る。泣きそうな顔で、ひめは首を横に振った。

「どうして？　拓実くんのお姉さんなんでしょ？」

信じられない思いで花菜はひめを見上げる。

「できない。あたしは姫神の憑代《よりしろ》だから」

「憑代？　それってどういうこと？」

「憑代というのは、神がこの世に物質的な形をとどめるための雛形のようなものだよ」

山伏が言葉を引き取る。

「彼と彼女は、姫神の眷属である山人《やまびと》――つまり山の神と遊んだせいで、神の力の一部を授かった。そのため、神下ろしのしやすい体質になっていたんだ。だから姫神は、彼女を憑代に選んだのだろう」

ひめが花菜を見つめて、こくりと頷く。

「そう。あたしは願いをひとつだけ叶えることと引き換えに、憑代になることを受け入れたの。だから今のあたしはもう、実乃里であって実乃里じゃない。姫神の意思のとおりに動くのが務め」

「そんな……それって、拓実くんがどんな目に遭っても、構わないっていうこと？　山狗に殺されちゃうかもしれないんだよ!?」

「あたしが手を出すことは、許されていない」

「もういい！　わかった！」

ひめの言葉を聞いているうちに、花菜の中にふつふつと怒りが湧いてくる。

もちろん彼女の言葉を信じていないわけでもないし、その立場が理解できないわけじゃない。あのペンションまがりやで初めて出会って以来、何度もひめには会ってきたし、時には助けられてきた。だからこそ信じてもいたのに――

「ひめちゃんだったら拓実くんのこと助けてくれるかもって、ちょっとでも思ったわたしがバカだった！」

　掴んでいたセーターの袖を離し軽トラへと向かう。

　だが、がくんと後ろに引っ張られた。

　肩越しに振り返ると、ひめが花菜のブルゾンの裾をしっかりと握りしめていた。小さな唇をきつく噛み締めている。

「待って」

「何よ！　あんたなんかにもう用は……」

　少女の痛切な表情に胸が痛んだが、花菜はその腕を振り払おうとする。

　けれどひめは花菜の手に、それまで抱えていたものを押しつけた。

「これ、持って行って」

　車のライトのもとでよくよく見れば、それはペンションまがりやに置いてあるはずの木彫りの人形だった。千葉が座敷童子みたいだろうと紹介したあの人形だ。

「どうして、これをわたしに？」

「この人形は、あたしの分身なの」

　ひめはじっと花菜を見上げる。

「あたしは花菜ちゃんと一緒に行けないから、この子を連れて行って。あたしの代わりに」

「やだ」

小さい子どもを相手に大人げないとわかっていたが、思った以上に鋭い声が出た。

ひめの手に力がこもる。声に涙がにじんだ。

「……お願い」

花菜が黙ったままそっと人形を受け取ると、ひめの顔にぱっと花のような笑顔が広がった。

暗い林道に彼女だけを残して、花菜はまた夜の山道へと車を進める。

バックミラーに映る少女の姿はどんどん小さくなり、やがて静かな闇の中へと溶けこむように消えていった。

6

ウオォーーーーーン…………
獣の遠吠《とおぼ》えが響く。
闇の中に、ぽつんと二つ――黄金色の灯火がついた。
灯火はどんどん数を増してゆく。
『伊能ぉ……』
灯火は闇の中に在って光を放つ、巨大な獣の双眸だった。
『伊能ぉ、拓実ぃぃ……』
ハアハアという息づかいが幾つも聞こえる。
冷たい風に乗って、強い獣の匂いが風に乗って漂ってきた。
「そんなに何度も呼ばれなくとも、聞こえてる」
白い息を吐きながら、拓実は苦笑した。
寒さで指の先まで悴《かじか》んでいる。
薄く降り積もった雪が月光を反射して、拓実の周囲はほの明るい。

けれども灌木《かんぼく》や樹木の陰に身を潜めている山狗たちの周りには、深い闇が沈殿していた。

「あんたらは最初っからおれに用があったんだろ？」

『……そうだ。おまえはわれらの縄張りを荒らした』

『許さぬ……許さぬぞおぉぉ……』

複数の低い声が重なり合うように聞こえる。

「そのことなら、本当にすまないと思ってる。おれはただ姉貴を捜していただけで、あなたたちの縄張りに入り込んでいたなんて知らなかったんだ。あなたたちの獲物を横取りしたり縄張りを荒らそうなんてこれっぽっちも思っていなかった」

拓実が語り続ける間にも、唸り声を発する黄金の双眸はじりじりと近づいてくる。

思わず一歩退いた際に、背負った荷物が木の枝にぶつかってばさりと音を立てた。

その音につられたように、そこかしこでがさがさと枯れ草や笹《ささ》が鳴る。山狗たちは拓実の周囲を取り囲むように近づいてきているらしい。

「どうか許してほしい。悪いのはおれだけで、家族や牛たち……花菜は、何にも関係ないんだ」

拓実が一歩を踏み出すと、ざわりと山狗たちの気配が変わった。

一定の距離を保って、山狗たちは唸り続ける。

「頼むよ。おれにできることなら何でもするから、どうか許してくれ」

『……ガアッ！』

焦れたのか、影のひとつが飛び出した。

子馬ほどもある巨大な影が、地を蹴って跳ぶ。

開かれた口の中に並ぶ無数の牙まで、はっきりと見えるようだった。

反射的に拓実は腕で顔を庇う。

ガツン、と重い音がした。

続けて、ばさりと足元の笹の上にそれは落ちる。

自分の腕の骨が砕《くだ》ける音の代わりに聞こえたそれに、拓実は目を開ける。

落ちていたものは、真っ二つに割れた木彫りの人形だった。

いま、この人形、自分で飛んできたように見えたけど……

「拓実くん！」

そのとき、聞き覚えのある声が耳に飛びこんできた。

まさかと思ったが、男性に支えられながら斜面を降りてくる花菜の姿を目にした瞬間、拓実の中に湧き上がったのは驚きよりも先に怒りだった。

「このっ……大バカ！　どうしておまえがここにいるんだよ！」

夜の山にわんわんとこだまするような大声を叩きつけられて、花菜は顔をしかめた。

「バカはないでしょ！　わたしは拓実くんを助けたいから――――」

「だからバカだって言ってんだ！　余計なお世話なんだよ！　そんなことして何かあったらどうすんだ！」

「わたしが好きでやってるんだからいいでしょ！」

「バカ！　それじゃおれの寝覚めが悪いんだよ!!」

歯軋《はぎし》りした拓実の怒りの矛先《ほこさき》が向いたのは、山伏だった。

掴みかかるような勢いで怒鳴る。

「あんたがこいつを唆《そそのか》してここまで連れてきたのか!?」

「唆したなんてひどいなあ。ぼくは不肖《ふしょう》の弟子のためを思って動いたのに」

ふたりのやり取りにどこか親密なものを感じて、花菜は瞬きをした。花菜と初めて会ったときにはそんなそぶりは見せなかったくせに、山伏は拓実のことを弟子と呼んだ。それに拓実も彼のことを知っているようだ。

けれど三人には、のんびり話をしている余裕はなかった。

さきほどの一件や女性の匂いで興奮したのか、山狗たちの息づかいが荒くなる。

『グルル……』

よりいっそう距離を狭めようとしてくる山狗たちを前にして、拓実は舌打ちすると素早《すばや》く背中の包みを下ろす。中から現れたのは和弓《わきゅう》だった。

花菜を背に庇うようにして、拓実の指が弓の弦にかかった。

ビイィィ――――ン……

鳴弦の音が高らかに鳴り響く。

山狗たちは、冷水を浴びせられたかのように尾を丸めてびくりと竦んだ。

拓実は立て続けに弦を弾く。

寒さでこわばった指を弦が傷つけ、ピッと赤い血が飛ぶ。

けれど拓実は手を止めなかった。

その光景に、花菜は遠野郷八幡宮の流鏑馬の際に、茂が言っていたことを思い出した。こうして弓に矢を番えずに弦だけを弾いて音を鳴らすと魔除けになるのだと。そして、拓実はこの技に優れているのだと。

「誇り高い山狗ともあろうものが、無益な殺生《せっしょう》を行ってはだめだ」

やがて鳴弦が止んだとき、静かにそう口を開いたのは山伏だった。

「彼も反省している。これからはおまえたちの縄張りを荒らすようなことはすまい。許してやってほしい」

『そんなこと……信じられるものか』

『人間の言葉など信じられぬ』

闇の中から響いてくる言葉は相変わらず厳しい。

花菜が胸元で強く手を握りしめたとき、その声は唐突に後ろから響いてきた。

「それでは、わらわが証人となろう」

それは凛とした、威圧感のある声だった。

ハッとして振り向いた三人の目に映ったのは、見覚えのあるピンクのセーターの少女だった。

「……ひめちゃん？」

花菜は首を傾げる。けれどすぐに違和感に気づいた。

「違う。ひめちゃんじゃない」

言葉遣いだけじゃない。身に纏うその雰囲気から表情まで、すべてがひめとは違っていた。しかも、その姿はまるでかげろうのようにゆらゆらと揺らめき、体の向こうの風景が薄く透けて見えていた。

「まさか——姫神……？」

拓実の呟きに、少女は嫣然《えんぜん》とした笑みを浮かべて頷いた。

『しかし……』

唸り声に差し挟まれる不満に、姫神のまなざしが鋭くなる。

「そなたら、わらわの命に従えぬというのかえ？」

山狗たちの気配が変わったのが花菜にもわかった。

「確かにそこなる男は無知からそなたらの縄張りを侵した。じゃがそなたらも里へ下りてこやつの牛を喰ろうたじゃろう。欲をかくのは己が身を滅ぼすことにつながるぞ！」

姫神の厳しい言葉に、今度こそ異を唱える山狗はいなかった。

がさがさと笹を踏んで去って行く足音が、一頭また一頭と続く。そしてついには一頭もいなくなった。

「ひめちゃんはどこですか？　そこにいるんですか？」

辺りに完全に静寂《せいじゃく》が戻ってきてはじめて、花菜はおそるおそる口を開いた。

「あの子はもう、ここにはおらぬ」

姫神の言葉がすぐには理解できない。

「あの子は己が魂をそこの人形に封じた。わらわの姿がこうしてそなたたちにも見えているのは、あの子の魂が残した想いが強いからじゃ。あの子はこれまでよく務めを果たしてくれた。最後の力で、そなたらを守ったのじゃ」

「まさか……」

拓実の声は震えていた。

姫神はじっと拓実の顔を見据えて、また頷いた。

「わらわと出会ったとき、あの子の肉体は既に虫の息じゃった。じゃが、家族を——弟を守りきれなかった悔いが残ると申してな。その魂の清らかさと強い輝きに、わらわは心打たれた。ゆえに、わらわの憑代となることを引き換えに、魂が俗世にとどまることを許したのじゃ。あの子の弟、つまりそなたが己の足で立てる日を見届けるまでな」

かくんと膝が折れて、拓実は地面に座りこむ。

拓実の前に膝をついて、姫神は白く小さな手で拓実の頭を撫でた。

「もうそなたは孤独ではないじゃろう。じゃからあの子は、やっと安心して天に昇ることができるのじゃ。それは喜びこそすれ、悲しむことではないぞ」

項垂れた拓実の肩が、小刻みに震えているように見えた。

食いしばった歯の間から漏れるような嗚咽がかすかに聞こえる。

「そなたが自分を捜していつもこの野山を歩き回っていたこと、実乃里はちゃんと知っておった。じゃが、名乗りでることはできんかったのじゃ。どうかわかってやっておくれ」

拓実の涙が呼び水になったかのように、花菜も溢れる涙をこらえることができなかった。

「わ、わたし……最後にひめちゃんに、ひどいこと言っちゃった。ひめちゃんがどんな思いでこの人形を託してくれたかなんて、全然考えてなかった」

「なんじゃ、そなたまで。何も嘆くことはないと言ったじゃろう」

姫神は花菜に向かって笑み、そっと両手を広げる。

花菜はその小さな胸に飛びこんでいった。

「あの子は言うておったぞ。そなたが自分を見つけてくれて、たいそう嬉しかったと。あの子の姿を見たり話したりできる人間は珍しいからのう。ずっと寂しかったんじゃろう」

腕の中でしゃくりあげる花菜の髪を、姫神は指でやさしく梳《す》いてくれる。

「こうも言っておったぞ。そなたにこの地に残ってほしくて、そなたの所持金を隠したりしてすまなかったと」

「えっ」

弾かれるように花菜は顔を上げた。

「あれ、ひめちゃんの仕業だったんですか」

「そうじゃ。ほれ、手をお出し」

言われるままに両手のひらを差し出すと、そこにふわりと木の葉が舞い降りる。木の葉は瞬きするほどの間に、数枚の壱《いち》万円札に変わった。

「え、えええ!?」

「しかと返したぞ。姫神を使いにするとは、あの子もなかなかやりおるの」

そう言って、また姫神は笑う。

その笑みのまま、月光が雲に隠されるように静かに、夜の闇の中へと溶けていった。

「またいつか、会おうぞ――」

7

山狗たちの一件があってから数日後、花菜は拓実とともに山道を車で揺られていた。

けれど乗っているのはいつもの遠野農林の白い軽トラではない。あの山伏の青年の車だった。

彼が自ら運転手役をかって出たのだ。

「いやー、いい天気だね。絶好のドライブ日和だ」

楽しそうにハンドルを握る彼は、さすがに山伏装束は着ていない。品のいいシャツに細身のジーンズを合わせている。そうしているとごく普通の青年のようだ。

「今日はありがとうございます。助かります」

「いやいや気にしなくていいんだよ。花菜ちゃんひとりだけじゃうちの不肖の弟子の始末は大変だからね」

和《なご》やかに話す花菜たちをよそに、拓実はひとり後部座席のシートに転がって不貞腐《ふてくさ》れていた。

「黙って聞いてりゃ、不肖、不肖ってうるせえぞ」

跳ね起きて運転席に向かって唾を飛ばす勢いで怒鳴る拓実をしっしっと手で追い払って、山伏は涼やかな笑みを目元に浮かべる。

「何だ拓実、痛いところを突かれて拗ねてるのかい？」

「拗ねてねーよ！　痛くもねえし。まったく、どうしてこううちには次から次へと厄介《やっかい》ごとばかり持ち込まれるんだ。おれ、祟《たた》られてんのかな」

それを聞いて花菜は思い出した。

「あっ、そう言えば拓実くん、また解決してない問題が残ってたよね」

「ああ？　何だそりゃ」

いかにも面倒くさそうに、後部座席から拓実が顔を出す。

「ほら、志織ちゃんからの依頼があったじゃない。お兄さんと連絡が取れなくなって心配だっていう――」

「ああ、あれならとっくに解決してるぜ」

拓実はそんなことかと言わんばかりの顔でぼりぼり頭を掻いた。

「え？」

「悪い、悪い。そういやまだ言ってなかったっけ。つーかあんたも自己紹介くらいしとけよ」

「あっれー、まだだっけ？」

じっとりと拓実に睨まれ、そう言って笑ったのは山伏だった。

「ぼくの名前は大友篤。こいつとは高校の部活動が一緒だったんだよ」

「……え、えーーーーーっ!!」

花菜の悲鳴に、男性陣ふたりは顔をしかめる。

「あはは、そんなに驚いた?」

「おまえ、相変わらず声だけはでっけーな」

「え、えええ?　山伏さんが大友さん!?」

「大友家は代々山伏の家系でね。うち以外にも山伏は日本中にたくさんいるよ。で、みんな会社を経営したり政治家になったり、普段は山伏であることを隠して過ごしてるんだ。実は今回も、こっちで経立たちが不穏な動きをしていると報告があったからね。急きょ東京から呼び戻されてさ。山の中で張りこみしてたってわけ」

「ああ、だからメールにも電話にも出られなかったってことなんですね」

「そういうこと。あいつのことではお騒がせしてしまったね。山伏の修行の場であり、よりどころでもある霊山っていうのはだいたい女人《にょにん》禁制だからさ。娘には原則として秘密にしておくならわしなんだ。というわけで、これからも秘密厳守でよろしくね」

そう言って大友はからからと笑う。

花菜はほんのちょっとだけ、彼の妹に同情した。

「停めてくれ。たぶん、この辺だ」

拓実の言葉で、大友は車を路肩に寄せてエンジンを切った。

車から降りた拓実は、片手にスコップを提げて迷いなく歩いていく。

花菜と大友は車に残り、その背中を見送った。

あれほど探しても見つからなかったその場所は、姫神と出会った夜、拓実には見えたそうだ。

「弟を思う姉の願いを聞いた姫神が隠していたから、拓実の力でも見えなかったんだろうね」

大友は呟くように言った。

ざくり、ざくりと土を掘り返す音が木々の狭間に響く。土は長い年月で硬く締まっているのか、白い息を吐きながら拓実は掘り進んだ。

「きっとあいつはさ、いつかこんな日が来るってことを知っていたと思うんだ」

ハンドルに寄りかかっていた大友が、前触れもなしに口を開く。

つられて花菜は運転席の大友を見るが、目線は拓実の背中に向けられたままだ。

「花菜ちゃんは、あいつのお姉さんが二度目の神隠しに遭ったときの話、聞いたことある？」

「……いいえ」

首を横に振る花菜を大友はその姿勢のまま見て、やさしく笑った。

「小さいころ、あいつは体が弱くて、たびたび熱を出して寝込んでいた。そのときもようやく熱が下がったばかりだったらしい」

花菜は以前、拓実が話してくれたことを思い出していた。

「そういえば拓実くん、言ってました。子どものころは体が弱くて小さかったから、女の子みたいだってよくからわれて、そのたびにお姉さんが庇ってくれたって」

大友は満足そうに頷く。

「拓実たちが小学校に入った年の遠野はね、今年と同じく雨が多かった。あいつのうちの会社が所有する山と果樹園の一部が大雨で崩れてね。その後始末やら何やらで家の人は出払っていて、その日は彼と彼の姉がふたりだけで留守番をしていたそうだ。美里ちゃんはまだ赤ん坊だったから、近くの親戚の家に預けられていたらしい。で、何かほしいものはないかと尋ねるお姉さんに、拓実は答えたんだそうだ。『アイスが食べたい』って」

「アイス？」

花菜は首を傾げた。

「でも、拓実くんのうちから、アイスクリームを売ってるようなお店までは、けっこう遠いんじゃ……」

「そうだね。でもあいつのお姉さんは病気の弟のために、お年玉の入った財布を持って、自転車に跨《また》がって出かけて行ったそうだ。小さな鈴のついた財布だったそうだよ」

スコップを土に突き立てる、ざくりという音がした。

つられて見ると、拓実は着ていたブルゾンを脱ぎ捨て、プルオーバーの両袖を肘まで捲り上げていた。むき出しになった腕や首筋からは白く湯気がたちのぼっている。

「お姉さんの帰りを待っている間に、あいつは眠ってしまった。目を覚ましたのは、すっかり夜になって家族が帰ってきてからだ。そこではじめてあいつは、お姉さんがまだ帰ってきていないことを知ったんだ。彼女が家を出てから、既に三時間近くも経っていたそうだ」

名も知らぬ鳥がひとこえ、どこかで高らかに鳴いた。

「あいつはたぶん、今でも思ってる。もしもあのとき、自分がわがままさえ言わなかったら、お姉さんはこんな目に遭うこともなく、元気に暮らしていられたんじゃないか。お姉さんがいなくなったのは自分のせいだってね」

「そんなこと――」

「そう。そんなこと、誰にもわからない。ましてや仮定の未来の話なんてね。……こんな簡単なこともわからないなんて、ホント不肖の弟子だろ？」

「拓実くんは、凄い人だと思います。……もちろん、大友さんも」

反射的に答えていた。思っていたよりも、強い声が出た。

大友は一瞬驚いたように目を見開いたが、その顔が嬉しそうにゆるむ。

「ありがとう」

花菜は唇を噛んで、小さく首を横に振った。

「お姉さんが消えた本当の理由はおそらく神隠しなんかじゃないって、あいつはもうとっくに気づいていたと思う。気づいていたけれど、周りの人たちのために気づいていないふりをしていたんじゃないかな。家族や親戚、近所の人たちは拓実に『お姉さんは神隠しに遭ったんだ』って、言い聞かせてたみたいだから」

がらんと、大きな金属音が響く。

つられて花菜たちは顔を上げた。

スコップを放り出した拓実が、地面に座りこみ素手で土を掻き分けていた。

その土の間からは衣服の一部らしきものが見えている。

年月を経たうえに泥と砂で汚れてしまってはいるが、それは淡いピンク色をしたセーターだった。

泥にまみれた拳を握りしめて嗚咽を噛み殺す拓実の肩に、花菜はそっとブルゾンを掛ける。

いつの間にか花菜の頬にも、あたたかいものが伝っていた。

桜の花弁《かべん》のように大きな雪のかけらが、風に乗って静かに舞い続けていた。

藍沢羽衣　あいざわ・うえ

1976年宮城県生まれ。岩手大学農学部卒業。会社員をしながら、文筆活動中。受賞歴は、第4回「集英社みらい文庫大賞」優秀賞、第12回「北日本児童文学賞」最優秀賞、第12回「ジュニア冒険小説大賞」佳作など。著書に『銀色☆フェアリーテイル 1 あたしだけが知らない街』（小学館）。

遠野奇譚

平成28年4月27日　初版第1刷発行

著者　藍沢羽衣

発行者　志賀正利

発行所　株式会社エネルギーフォーラム
〒104-0061　東京都中央区銀座5-13-3

印刷・製本　錦明印刷株式会社

装幀　エネルギーフォーラムデザイン室

この物語はフィクションであり、
実在の人物及び団体とは一切関係ありません。

　ISBN978-4-88555-461-2